절대, 금지구역

: 월영시

붑 × 괴이학회

호러 전문 레이블 괴이학회와 북다가 만나
괴이와 초자연현상이 깃든 가상의 도시 '월영시' 내 금지구역에 얽힌
무섭고도 환상적인 이야기를 선보입니다.

차례

뒷문

김선민

"아니, 그러니까 사장님! 내 말을 좀 들어보세요."

블루투스로 연결된 스피커에서 연신 말도 안 되는 소리가 이어졌다. 운전대를 잡은 나는 시공사 사장의 말에 급격한 피로감을 느꼈다. 한창 잘 진행되던 공사를 갑자기 중단한다는 헛소리에 머리가 아팠다.

"거기서 나오기는 뭐가 나온다고! 답답하네, 정말."

도저히 말이 통하지 않아 일단은 알았다고 하고 전화를 끊었다. 나는 연신 욕을 지껄이며 차를 몰았다. 창밖을 보니 벌써 날이 어두워졌다. 거의 다 끝난 일인데 갑자기 예상치도 못한 상황에 골치 아파질 줄은 몰랐다. 지역주택조합 업무대행사 일을 한 지 20년이 넘었지만 이런 일은 또 처음이었다.

김선민

"돈을 그만큼 처먹어 놓고 또 돈 달라고 생떼를 부리나. 씨발, 깡패 새끼들보다 더하네. 양아치 새끼들."

나는 시공사 대표를 욕하며 월영시 터널을 지나 신도시 개발 구역으로 들어갔다. 어둑해진 하늘 아래 지저분한 재개발 지역을 확 밀어버리고 새롭게 올린 아파트들이 탑처럼 솟아 있었다. 아파트 단지 안으로 들어가려 했는데 아직 공사 중이라 차가 진입하지 못하도록 막아놔서 어쩔 수 없이 뒤쪽으로 돌아 단지 바깥에 차를 세우고 걸어 들어갈 수밖에 없었다.

차 문을 열고 내리니 아직 포장이 덜 됐는지 질척한 진흙이 구둣발에 묻었다. 나는 찜찜한 표정으로 주변을 살폈다. 높이 올라간 아파트들이 쭉 줄지어 있었다. 나는 휴대전화를 꺼내 들고 전화를 걸었다. 신호음이 길게 이어졌지만 만나기로 한 조합장 쪽에서 전화를 받지 않았다.

"뭐야. 이 양반, 전화도 안 받고."

시공사 쪽도 그렇고 조합 집행부 쪽도 어느샌가 자꾸 이상한 말을 하면서 엇나가기 시작했다. 들어가면 안 될 곳에 들어갔다는 둥, 자꾸 꿈에서 뭔가가 나온다는 둥, 주변에 사람들이 흉한 일을 당했다는 이상한 소리를 하는 것이었다. 초반에는 이런 일이 처음이라 심적으로 부담을 느껴서 그러나 싶었다. 나는 계속 조합 측을 설득하며 서류 처리부터 모든 단계를 최대한 깔끔하게 처리했다고 말하며 안심을 시켰다. 신도시 아파트 재개발 쪽은 워낙 사이즈가 크기에 나도 처음에는 버겁게 느껴지기는 했지만 사람 하는 일은 어차피 다 똑같다. 서류 확실하게 준비해 두고, 지역 담당자 만나서 기름칠 좀 해주고, 조합 쪽에 몇 명 심어두고 움직이면 딱히 문제 될 부분이 없다.

까다롭다 싶은 부분은 생각보다 수월하게 넘어갔는데 오히려 내부에서 이런 문제가 터질 줄은 몰라서 상당히 당황스러웠다. 심지어 입주가 얼마 남지 않은 시점에서 시공사 측에서 갑자기 공사를 중단한다고 하니, 보나 마나 돈 더 달라고 뻗대는 게 분명하다 생각했다. 단지가 저주를 받았다느니, 애초에 여기에는 이런 걸 세우면 안 됐다느니, 외부 사람이라 월영시에 대해 뭘 잘 모르니까 그런 소리를 한다느니 이딴 헛소리를 듣고 있자니 짜증이 크게 밀려 왔다.

참다못한 내가 직접 현장에 와서 아파트 단지를 함께 둘러보자고 하니 시공사 사장은 물론 조합장까지 절대로 그곳에 들어가지 말라며 엄포를 놓는 것이었다. 진짜 뭔가 이상한 게 있는지 같이 현장을 보자고 하니 자기들은 절대 그곳에 가지 않겠다는 것이었다. 애초에 뭐가 문제인지를 물었을 때 딱히 어떤 구체적인 이유를 들지 못하고 계속 안에서 무슨 소리가 들린다거나, 뭐가 나타난다는 둥 이상한 소리만 반복했다.

더 큰 문제는 조합장의 태도였다. 보통 시공사가 저러면 조합장이 나서서 협상을 하든 협박을 하든 해야 하는데 합이라도 맞춘 듯 본인도 함께 이상한 소리를 하고 있으니 어쩔

김선민

수 없이 내가 직접 내려올 수밖에 없었다.

'새끼들이 같이 내 뒤통수 치려고 이 지랄을 하나. X 같네, 진짜.'

나는 질척한 진흙을 지나서 아파트 안쪽으로 들어갔다. 뒤편으로 들어가는 문을 테이프로 막아 놓은 모습은 마치 들어가지 말라고 경고를 하는 것 같았다. 나는 거칠게 테이프를 떼버리고 안으로 들어갔다. 어둑해진 하늘 아래에 늘어서 있는 아파트를 바라보니 수십 명의 거인이 도열한 것처럼 보였다. 최소 5천 세대 이상의 대단지 아파트였기 때문에 규모가 상당했다. 고요한 아파트 단지를 홀로 가로질러 가니 마치 아무도 없는 세상에 나 혼자 남은 것 같았다. 나는 정신을 차리고 다시 한번 전화를 걸었다. 조합장은 여전히 전화를 받지를 않았다.

"씨발, 가지가지 하네."

대충 끝내고 더 어두워지기 전에 서울로 올라가려 했는데 여러모로 일이 풀리지가 않았다. 나는 조합장에게 현장으로 오라는 문자를 남겨두고 일단 혼자서라도 안쪽을 둘러보기로 했다. 정 연락이 안 되면 대충 사진 몇 개 찍고 문제없으니 공사를 진행하라고 윽박지를 생각이었다. 그것도 안 되면 하청 용역들을 동원해서라도 말을 듣게 만들어야 했다. 이 사업에 얽힌 사람이 몇 명이며 오가는 돈이 얼만데 이딴 말도 안 되는 이유로 공사를 중단시킬 수는 없었다.

나는 먼저 커뮤니티센터 쪽을 찾았다. 단지가 워낙 넓어서 어디에 있는지 찾기가 쉽지 않았다. 몇 번을 헤맨 끝에 단지 중앙에 위치한 센터를 찾을 수 있었다. 월영시에서는 좀처럼 찾아보기 힘든 대장 아파트다 보니 커뮤니티 시설에도 꽤나 신경을 쓴 듯했다. 고급스러운 자재로 꾸며진 센터는 호텔 건물처럼 그럴싸했다. 혹시 조합장이 주변에 있나 싶어서 둘러봤는데 딱히 인기척은 느껴지지 않았다. 센터 정문으로 가보니 여기도 테이프로 문을 막아놨다. 혹시 잠겼나 싶어서 밀어보니 의외로 문은 열려 있었다.

나는 센터 문을 열고 안으로 들어갔다. 아직 공사가 한창이라 마감이 안 된 상태로 공사 자재가 널려 있어서 안쪽은 좀 어수선했다. 벽에 붙은 스위치를 찾아 눌렀는데 전원을 내려놓았는지 불이 들어오지 않았다. 나는 휴대전화 라이트에 의지해 커뮤니티센터를 둘러봤다. 앞에 센터 구조도가 놓여 있어서 불빛을 비춰 위치를 확인했다.

"어디 보자. 수영장. 그래, 여기서도 뭐가 자꾸 나온다고 했었지."

나는 일단 수영장을 둘러보기 위해 위치를 확인하고 그쪽으로 몸을 돌렸다. 아직 개장도 안 한 수영장인데 뭐가 나타난다는 것인지 알 수가 없었다. 주변을 돌아다니던 길고양이들이 왔다 갔다 하는 것을 보고 난리를 치는 것 아닌가 싶었다. 나는 휴대전화 라이트로 어두운 복도를 비추면서 수영장

김선민

쪽으로 향했다.

　수영장 안으로 들어가니 아직 물도 채워지지 않았고, 조명 시설도 다 마감이 되지 않아 분위기가 상당히 을씨년스러웠다. 불빛을 비춰 살펴보니 위쪽에 창문이 나 있어서 누가 바깥쪽을 오가면 그림자가 길게 늘어져서 귀신처럼 보였을 수도 있을 것 같았다. 시공사 사장이고 조합장이고 그 나이 먹고 귀신 타령이나 하는 것이 꽤나 한심했다. 나는 인상을 잔뜩 쓴 채 휴대전화 라이트를 비춰 수영장 곳곳을 살폈다. 아파트를 분양할 때 호텔식 수영장과 사우나를 앞세워서 그런지 겉으로 보기에는 상당히 고급스럽게 만들어 놓았다. 물론 겉만 번지르르하고 내부 자재나 보이지 않는 부분은 엉망으로 해두었을 가능성이 높았다.

　'안 그러면 뭐 남는 게 없는데.'

　신도시 재건축이라는 것이 사실상 완전 돈 먹는 하마였다. 모든 걸 다 법에 맞춰서 하려고 하면 평생이 걸려도 안 되는 것이 재건축이다. 그러다 보니 아는 사람 통해서 로비도 하고, 명목상으로 만들어 둬야 하는 서류도 한두 개가 아니다. 나 같은 대리 업체를 끼고 하지 않으면 절대로 할 수 없는 것이 바로 대규모 재건축 사업이다.

　문제는 요즘 자잿값이 워낙 많이 올라서 생각했던 것보다 비용이 천정부지로 뛰었다는 것이다. 미분양이야 언론 통해서 무주택자들 불안감을 자극하고 대출만 제대로 뚫어주면 알아서 영끌을 하니 딱히 문제 될 것이 없다. 이 정도 큰 신도시 사업은 사실상 일단 진행만 되면 알아서 굴러간다. 비용도 많이 들어가지만 그만큼 남는 게 많으니까. 들어오면 어느 정도 남겠다는 예상을 하고 보통 시공사가 수주를 받는 것인데 자잿값이 갑자기 올라버리는 바람에 원래 계획대로 시공했다가는 남는 것은커녕 손해만 보게 생겼으니 이 난리를 치는 것이 분명했다. 그러다 보니 제대로 된 자재를 사용하는 것 자체가 불가능한 상황이었다.

이것 때문에 몇 달간 시공사와 조합 쪽 사이에서 분담금 문제로 꽤나 실랑이를 벌였었다. 결국 조합 측에서 추가 비용을 좀 더 내기로 하기는 했지만 그것만으로는 충당이 버거울 테니 시공사 쪽에서는 비용을 줄이기 위해 자재들을 낮은 품질의 것으로 대체했을 게 분명했다. 그걸로도 안 되겠다 싶으니 돈 더 내놓으라고 이런 식으로 배짱을 부리는 게 훤히 보였다. 어쩌면 조합장과 짜고서 나를 엿먹이려고 이런 짓을 하는 것일지도 몰랐다. 하지만 내가 누군가. 이딴 식으로 나오면 나도 그냥 있을 생각 없다. 아는 인맥 다 동원해서 사장이고 조합장이고 죄다 야산에 묻어버리는 한이 있더라도 이번 공사는 제대로 끝내야 했다. 안 그러면 여기에 엮여 죽어 나갈 사람들이 한둘이 아니었다.

나는 수영장과 사우나 쪽까지 살펴보고 커뮤니티센터 공간 안쪽에 위치한 카페를 둘러보았다. 아직 테이블과 의자는

김선민

들어오지 않았고, 주방 쪽에 시설 공사를 하는 중인지 자재들이 한쪽에 쌓여 있었다. 아무리 살펴봐도 딱히 이상한 건 없었다. 조합장도 연락을 받지 않고, 둘러볼 만큼 둘러봤으니 사진이나 몇 장 찍고 가야겠다 싶었다. 그런데 그때 센터 안쪽에서 뭔가 이상한 소리가 들렸다.

지이이이이잉—.

마치 기계가 돌아가는 소리처럼 들리기도 했고, 휴대전화 진동 소리 같기도 했다. 사진을 찍던 나는 그 소리가 어디서 나는지에 귀를 기울였다. 몇 번 소리가 다시 나더니 곧 잠잠해졌다. 아마도 시공사 쪽에서 말한 소음이 이것인 듯싶었다. 귀찮아서 그냥 갈까 했지만 일단 뭔지 확인이나 하자 싶어서 소리가 들리는 곳으로 향했다.

소리가 난 곳은 커뮤니티센터 뒤편이었다. 아무래도 제어실이 위치한 곳인 것 같았다. 아직 제대로 설비를 가동하지 않은 상황인데 갑자기 이상한 소리가 들리니 섬뜩하기도 했지만 아마도 시공을 하다가 뭔가 배선이 잘못됐거나 스위치가 잘못 켜진 것 같았다. 분양 후에 이런 게 모두 하자가 될 테지만 사실 나로서는 상관없었다. 선분양이기 때문에 어차피 입주를 하고 나서는 딱히 우리가 뭘 어떻게 해줄 수도 없고, 고쳐주겠다고 말하고 시늉만 몇 번 하다가 대충 뭉개면 끝날

일이었다. 벌금이 나온다고 해봐야 큰 액수도 아니었기에 그쯤이야 문제도 아니었다.

지이이이이잉—.

다시 소리가 울려 퍼졌다. 나는 진동 소리를 따라 안쪽으로 들어갔다. 제어실이 있는 곳을 찾으려고 했는데 딱히 보이는 것이 없었다.

'분명 전원이 내려가 있었는데 뭔 기계가 돌아가고 있는 거지?'

전기 공사가 아직 끝나지 않은 것 같은데 이런 소리가 나니 이상하긴 했다.

휴대전화 라이트에 의지에 곳곳을 살펴보는데 구석에 이상한 문 하나가 달려 있는 것이 보였다. 다른 커뮤니티센터의 현대적인 분위기와는 확연히 다른 형태였다. 매우 낡고, 오래되어 보이는 붉은빛이 도는 옛날식 문이 달려 있었기에 나는 고개를 갸웃할 수밖에 없었다. 아무리 봐도 이 센터와는 전혀 어울리지 않는 문이었다. 여기에 이걸 왜 달아놨을까 싶었다.

지이이이이잉—.

아까 들린 진동 소리가 이상한 문 뒤쪽에서 들렸다. 아마도 이 안이 제어실인 듯싶었다. 문 모양이 상당히 이질적이었지만 임시로 달아놓은 것일 수도 있었기에 일단 안으로 들어가서 뭐가 소리를 내는 것인지를 확인하기로 했다. 손을 뻗어 문손잡이를 잡고 돌렸다. 문을 열고 휴대전화 라이트로 안쪽

김선민

을 비추면서 뭐가 있는지를 살폈다.

"어?"

문 안쪽은 내가 생각한 것과는 전혀 다른 모습이었다. 여러 가지 설비들이 들어가 있는 제어실의 모습을 상상했는데, 오히려 훤히 트인 공간이 나타났다. 바닥에는 오래되어 보이는 카펫이 깔려 있었고, 벽에는 연식이 있어 보이는 벽지가 붙어 있었는데 바깥과 달리 이곳은 쨍한 형광등이 달려 있었다.

나는 휴대전화 라이트를 끄고 주변을 살폈다. 안쪽에는 아무런 집기나 설비도 없었고, 벽과 벽 사이를 가르는 문도 없었다. 언뜻 보기에 저 뒤편으로도 공간이 쭉 이어져 있는 것이 어디가 끝인지 알 수 없을 만큼 공간이 넓었다. 커뮤니티센터가 꽤나 크게 지어졌다고는 하지만 뒷문으로 들어온 공간이 이토록 넓을지는 미처 상상도 하지 못했다.

"뭐야, 이거."

30년 전에 지어졌을 법한 아파트 안에 들어온 것 같은 느낌이었다. 새롭게 지어진 커뮤니티센터 안에 이런 세월감이 느껴지는 공간이 있다는 것이 잘 이해가 가지 않았다. 형광등 불빛이 끝까지 쭉 이어져 있었고, 벽지 바른 벽들이 저 너머로도 보였기 때문에 친근감이 들면서도 알 수 없는 이질감 때문에 소름이 돋았다. 왠지 저 안쪽까지는 가고 싶지 않았기에 일단 밖으로 나가기로 했다. 그런데 그때 전혀 예상치 못한 일이 일어났다.

"뭐야? 문 어딨어."

방금 내가 열고 들어온 붉은빛의 문이 온데간데없었다. 뒤를 돌아보니 앞과 비슷하게 벽지 바른 벽들이 연속해서 쭉 이어져 있었다. 내가 어디로 들어왔는지 흔적을 찾을 수가 없었다. 오로지 벽과 벽들만이 내 시야에 들어왔다. 나는 갑작스럽게 일어난 일에 안경을 고쳐 쓰고 눈가를 비볐다. 요즘 너무 신경 쓸 일이 많아서 피로감 때문에 생긴 일이라고 애써 생각했다. 다시 정신을 차리고 밖으로 나갈 문을 찾았다. 하지만 그 어디에도 문의 흔적은 없었다.

"이런 미친…"

나는 벽을 짚으며 문을 찾기 위해 미친 사람처럼 사방을 뛰어다녔다. 그러나 곰팡이가 묻어 있는 오래된 벽지만 계속 이어질 뿐 문의 흔적은 전혀 찾을 수 없었다. 결국 문 찾기를 포기하고 나는 휴대전화를 꺼냈다. 담당자에게 연락해서 나가는 길을 물어보려 했다. 그런데 문제가 생겼다. 화면에 통화권 이탈 지역 표시가 뜨는 것이었다. 통화는 물론 인터넷도 연결이 안 됐다.

"씨발!"

나도 모르게 욕이 튀어 나갔다. 서울에서 여기까지 내려왔다가 이상한 곳에 갇혀서 나갈 길을 찾지 못하자 감정이 격해졌다. 바닥에 털썩 주저앉은 채 숨을 몰아쉬고 이를 바득바득

김선민

갈았다. 다리에 힘이 빠져서 쉽게 일어나지를 못했다. 하지만 이렇게 있어봐야 의미가 없다는 것을 깨닫고 나는 다시 자리에서 일어났다. 아무리 공간이 넓더라도 그래 봐야 커뮤니티센터의 면적에는 한계가 있었다. 반대편으로 가면 출구가 있을 것이 분명했다. 만약 문이 없다면 창문을 깨서라도 나가면 된다. 왠지 모를 기분 나쁜 이질감 때문에 한시도 이곳에 머무르고 싶지 않았다.

문을 찾아 앞으로 걸어가니 카펫이 깔린 큰 방들이 계속 나왔다. 도대체 뭐 하는 공간인지 쉽게 가늠을 할 수가 없었다. 가끔 방향이 바뀌기도 하고, 구조가 다른 모양의 방이 나오기도 했지만 기본적으로는 모두 비슷했다. 내가 지금 제대로 가고 있는지가 헷갈릴 정도로 구조나 모양이 비슷했다. 문제는 아무리 걸어도 끝이 없다는 것이었다.

'내가 지금 얼마나 걸었지?'

최소 1시간은 넘었을 것이다. 하지만 여전히 출구는 보이지 않았다. 아파트 커뮤니티센터가 대단지를 넘어서서 크다 하더라도 이 정도로 헤매지는 않았을 텐데 뭔가가 이상했다. 나는 다시 휴대전화를 꺼내 통신망이 잡히는 곳을 찾았다. 하지만 여전히 통화권 이탈 지역 표시만 떴다.

"후우. 후우."

나는 흐르는 식은땀을 닦으면서 호흡을 가다듬었다. 점점 초조해지는 것은 어쩔 수 없었다. 본능적으로 깨달았다. 이곳

뒷문

이 결코 평범한 공간이 아니라는 것을. 내가 지금 어디에 있는 것인지를 정확히 파악해야 했다. 무엇보다 일단 이곳은 절대로 내가 들어온 아파트 커뮤니티센터가 아니었다. 그와 별개인 아주 끔찍하기 짝이 없는 공간이었다. 절망과 초조함 속에서 버둥거리고 있을 때 다시 그 소리가 들렸다.

지이이이이이잉―.

내가 쫓아서 온 소리가 저 너머에서 들려왔다. 어쩌면 이 소리가 밖으로 나갈 수 있는 실마리일지도 모른다는 생각에 나는 바로 소리가 들리는 곳으로 향했다. 소리가 사라지기 전에 그 정체가 무엇인지 찾아야 한다고 생각했다. 나는 진동 소리가 나는 곳으로 걸음을 재촉했다. 방을 몇 개 더 지나서, 코너를 돌아 비슷한 장소를 지나쳤을 때쯤 소리가 일어나는 곳에 도달할 수 있었다. 거기에는 내가 방금까지 보아왔던 것과는 다른 것이 놓여 있었다.

"뭐야, 이거?"

방 한가운데 놓여 있는 것은 큰 냉장고 하나였다. 최신형이 아닌 수십 년 전에 썼을 법한 냉장고였다. 코드가 연결되어 있지도 않았는데 아래에서 진동 소리가 일어났다. 나는 천천히 냉장고 쪽으로 다가갔다.

지이이이이잉―.

다시 그 소리가 울렸다. 나는 어금니를 꽉 물고 냉장고로 다가가 손잡이를 잡고 문을 열었다. 놀랍게도 열자마자 안에서

김선민

냉기가 느껴졌다. 그리고 안에는 라벨이 붙어 있지 않은 5백밀리짜리 생수와 초록색 플라스틱통들이 정갈하게 놓여 있었다. 안 그래도 한창 목이 말랐던 나는 생수 하나를 꺼내 뚜껑을 열고 곧장 들이켰다. 시원하고 깨끗한 물이 목구멍을 타고 넘어갔다.

"후아!"

갈증을 해소한 나는 초록색 플라스틱통 하나를 꺼내 뚜껑을 열어봤다. 그 안에는 역시나 라벨이나 그림, 글자가 전혀 쓰여 있지 않은, 비닐에 싸인 정사각형의 스낵 같은 것이 규격에 맞게 들어 있었다. 세어보니 통 하나에 스낵은 총 여섯 개가 들어 있었다. 나는 비닐을 뜯어 안에 있는 스낵을 꺼냈다. 과자 같기도 하고, 초콜릿 같기도 한데 정확히 무엇인지 알 수 없었다. 어쨌든 음식 같기는 했다. 나는 한입에 스낵을 집어넣고 씹었다. 그런데 놀랍게도 아무런 맛이 나지 않았다. 맛이 없다는 것이 아니라 아예 아무런 맛이 나지 않았다. 그냥 씹고 삼킬 수 있는 것이지 음식으로서의 맛 자체를 담고 있지 않았다.

맛은 없었지만 어쨌든 허기는 달랠 수 있었기에 몇 개를 더 꺼내서 먹었다. 수분을 보충하고 배를 채우니 조금씩 머리가 돌아가기 시작했다. 나는 냉장고를 중심으로 주변을 살펴보기로 했다. 벽을 툭툭 두드려 보니 단단한 콘크리트의 느낌이 났다. 주변을 더 돌아다니면서 발로 차보기도 하고 손으로

뒷문

더 두드려 보기도 했다. 그런데 그중 한곳에서 통 하는 소리가 나는 것이었다. 나는 곧장 그 부분의 벽지를 뜯었다.

벽지를 뜯자 회색빛 벽이 그대로 드러났다. 내가 두드려 봤던 곳은 겉으로는 일반적인 벽과 별반 다를 바 없었지만 확실히 속이 비어 있는지 안쪽에서 울리는 소리가 났다. 나는 주먹으로 그 벽을 힘껏 내리쳤다. 처음에는 벽이 울리기만 하다가 내가 연속해서 주먹으로 치고, 발로 차니 조금씩 균열이 가기 시작했다.

쿠우웅! 쿠우웅!

안쪽 공간이 꽤 깊은지 소리가 크게 울렸다. 그러다 곧 요란한 소리를 내며 벽 한쪽이 부서져 나갔다. 나는 내가 뚫어 놓은 구멍을 들여다봤다. 어두워서 안쪽 공간에 뭐가 있는지 보이지가 않았다. 휴대전화 라이트를 켜서 구멍을 비춰보니 놀랍게도 그 안에도 길이 나 있었다. 뭐가 되었든지 간에 밖으로 나갈 길일 수 있었기에 나는 물과 스낵 몇 개를 챙겨서 주머니에 넣고는 그 안으로 들어갔다.

구멍 안으로 나 있는 길은 생각보다 좁고 어두웠다. 나는 최대한 자세를 낮춘 채 길을 따라서 걸어갔다. 습도도 온도도 높아서 조금만 걸어도 땀이 계속 흘렀다. 흐르는 땀을 닦아내며 걸어가던 중 반대편에 뭔가가 보였다. 나는 속도를 높여서 그곳으로 향했다. 가까이 가보니 나무틀로 되어 있는 창문과 비슷하게 생긴 구멍이었는데, 판자 같은 것으로 막혀 있었다.

김선민

나는 안간힘을 써서 막아 놓은 판자를 부쉈다. 그러자 가려져 있던 반대편의 모습이 드러났다. 그곳이 바깥이라고 생각한 나는 창틀을 밟고 올라가 반대편으로 훌쩍 넘어갔다. 그런데 내가 넘어간 곳은 바깥이 아니었다.

"이런, 씨발…."

건물 밖은 맞았지만 그렇다고 해서 온전한 밖은 아니었다. 수많은 방이 보이는 건물들이 사면으로 쭉 둘러 있었고, 가운데 원형을 중심으로 십자 모양의 길이 나 있었다. 문제는 위가 천장으로 막혀 있다는 것이었다. 마치 거대한 공간 안에 건물을 지어놓은 것 같은 모양새였다. 나는 이 말도 안 되는 상황에 정신을 잃을 것 같았다. 분명 내가 들어온 곳은 평범한 아파트 단지였는데, 왜 이런 곳이 갑자기 나타났는지 이해할 수가 없었다. 나는 하늘이 보이지 않는 회색빛 천장을 보면서 도대체 어디가 출구인지를 찾기 위해 사방을 둘러봐야 했다.

그때 반대편에 다른 건물로 들어가는 입구가 보였다. 나는 지치고 절망에 가득 찬 발걸음으로 입구 쪽으로 다가갔다. 문 앞으로 다가가니 어떤 종이가 붙어 있었는데, 한 번도 본 적이 없는 글자로 뭔가가 적혀 있었다. 만약 인터넷이 된다면 번역 앱을 돌릴 수 있었겠지만 휴대전화는 여전히 먹통이었다. 일단은 어쩔 수 없이 들어가 볼 수밖에 없었다.

문을 열고 들어가자 푸른 조명이 먼저 눈에 들어왔다. 아까 봤던 공간과 달리 이곳은 벽과 바닥이 모두 타일로 되어 있었다. 푸른 조명에 하얀 타일로 가득 찬 공간이 끝없이 펼쳐져 있었는데 보는 것만으로도 현기증이 날 것 같았다. 차마 안으로 들어가지 못하겠다 싶었는데 때마침 눈에 들어오는 것이 있었다. 벽에 걸려 있는 공중전화기였다. 꽤나 오래된 것으로 보였기에 실제로 작동할지는 모르겠지만 지금으로서는 뭐가 되었든 매달려야 하는 상황이었다. 나는 결국 타일로 만들어진 공간에 발을 내딛고 공중전화기 쪽으로 다가갔다.

수화기를 들고 귀에 대보니 다행히 통화음이 들렸다. 나는 곧장 119를 눌렀다. 곧 뭔가 연결되는 수신음이 들렸다. 뭐가 어떻게 된 것인지는 모르겠지만 어쨌든 바깥의 누군가와 통화가 되는 것만으로도 안심할 수 있을 것 같았다. 그때 누군가가 전화를 받는 소리가 들렸다.

"여보세요! 거기 119죠? 지금 당장 여기로 와줘요. 나 여기 갇혔어! 주소가."

급한 마음에 말을 마구 쏟아냈다. 그런데 맞은 편에서 아무런 대답이 없었다. 나는 불안한 마음에 큰 목소리로 소리쳤다.

"어이! 거기! 내 말 안 들려? 대답해! 대답하라고!"

악을 쓰듯 소리를 질렀지만 돌아오는 대답은 없었다. 나는 거친 숨을 몰아쉬며 수화기에 귀를 대고 뭔가가 들리는지 집

김선민

중했다. 마치 소음처럼 지지직거리는 소리와 함께 알아들을 수 없는 기이한 소리가 반복됐다. 외국어 같기도 하고, 의미 없는 울음소리 같기도 했다. 내가 다시 수화기에 대고 말하려는 찰나, 뒤에서 기척이 느껴졌다.

쿠-우-웅!

묵직하고 큰 뭔가가 바닥을 짚고 다가오는 소리였다. 나는 처음에는 누군가가 다가오는 구둣발 소리인가 싶어서 재빨리 고개를 돌렸다. 그런데 벽 너머 코너에서 비친 그림자를 보고 뒤로 물러설 수밖에 없었다. 그림자의 형태로 추정해 보건대 결코 사람이 아니기 때문이었다.

나는 본능적으로 두려움을 느끼며 수화기를 놓치고 뒤로 물러났다. 묵직하고 큰 뭔가가 타일로 이루어진 바닥을 밟고 내가 있는 쪽으로 다가오는 것이 느껴졌다. 귀를 기울여 보니 낮은 울음소리가 들렸다. 사람이 우는 것 같기도 하고, 짐승이 우는 것 같기도 했다. 그때 갑자기 바닥을 울리는 소리가 더 커졌다. 나는 비명을 지르며 반대편으로 냅다 달렸다.

바닥이고 벽이고 모두 타일로 만들어져 있어서 너무 미끄러웠다. 나는 다급하게 신발과 양말을 벗고 달렸다. 맨발로 달리니 그나마 덜 미끄러웠다. 이마에서 흘러내린 땀이 눈 안으로 계속 스며들었다. 나는 웃옷도 벗어 던지고는 셔츠 소매로 땀을 닦으며 달리고 또 달렸다. 하지만 체력의 한계가 금방 오고 말았다. 꺾이는 코너 쪽으로 가서 몸을 숨기고서는 호흡을 가다듬었다.

"하악, 하악."

한 달에 골프 몇 번 치는 것으로는 체력이 올라오지 않았다. 나는 숨을 고르며 벽에 몸을 숨긴 채 조심스럽게 복도 쪽을 살폈다. 바닥에 내가 벗어둔 신발, 양말, 옷가지가 일렬로 널브러져 있었다. 그때 푸른 조명이 비친 복도 저편에서 뭔가가 나타난 것이 보였다. 바닥을 울리는 소리와 함께 모습을 드러낸 그것은 이 세상의 존재가 아니었다.

그것은 길게 늘어진 머리카락을 산발한 채 얼굴 전체를 가리고 있었다. 머리카락 사이로 믿을 수 없이 긴 팔이 보였다. 마치 유인원처럼 네발로 걷는 자세를 한 채 내가 벗어 던진 신발 앞에 쪼그려 앉아 길고 깡마른 손가락을 뻗었다. 내 신발을 잡고 이리저리 살펴보더니 산발한 머리카락 사이로 쑥 집어넣었다.

콰작! 콰작! 콰작!

머리카락에 가려져 있어서 제대로 보이지는 않았지만 분명 내 신발을 먹고 있었다. 정신 이상자거나 혹은 귀신이거나. 어쨌든 정체를 알 수 없는 괴물은 내가 벗어놓은 것들을

김선민

하나씩 집어삼켰다. 나는 덜덜 떨리는 다리를 어떻게든 움직였다. 저 괴물이 다가오기 전에 숨을 곳을 찾아야 했다. 하지만 이곳은 타일로 이루어진 길만 끊임없이 쭉 뻗어 있었다. 밖으로 나가려고 해도 문이나 창문도 전혀 보이지 않았다.

괴물이 다시 움직이는 소리가 들렸기에 나는 무조건 앞으로 달렸다. 숨이 턱까지 차올랐지만 멈출 수 없었다. 저 이상한 존재에게 잡히는 순간 상상할 수조차 없는 끔찍한 일이 벌어질 것이 분명했기 때문이다. 그렇게 한참을 뛰어가다 보니 옆쪽 벽에 다른 입구가 보였다. 나는 망설이지 않고 바로 그쪽으로 방향을 틀어서 들어갔다. 들어간 곳에는 또 다른 형태로 연속된 공간이 끊임없이 펼쳐져 있었다.

"허억. 허억. 허억."

숨을 몰아쉬며 둘러보니 이번에는 마치 병원의 복도처럼 새하얀 형광빛 아래 회색 바닥과 하얀 페인트칠 된 벽이 쭉 펼쳐져 있었다. 놀랍게도 내가 방금 지나온 푸른 조명의 공간으로 통하는 입구는 어느새 사라져 있었다. 이쯤 되니 아무리 현실적인 감각을 가지고 있는 나라도 이곳이 평범한 장소가 아니라는 것을 인정할 수밖에 없었다. 어쩌다가 이런 곳에 오게 됐는지는 중요치 않았다. 중요한 것은 여기서 나가야 한다는 것이었다.

그때 주머니에 넣어둔 휴대전화에서 벨 소리가 울렸다. 나는 깜짝 놀라며 휴대전화를 꺼내 화면을 확인했다. 아까 전화

뒷문

를 받지 않았던 조합장이었다.

"여보세요! 형님!"

아까의 공중전화와는 달리 휴대전화 너머에서 조합장의
목소리가 들렸다. 중간중간 끊기기는 했지만 뭐라고 하는지
는 들렸다. 적어도 이곳이 바깥과 연결이 되어 있다는 증거였
기에 나는 한 줄기 희망을 잡을 수 있었다. 조합장이 뭐라고
지껄이는지는 중요치 않았다.

"형님! 지금 나, 여기 센터 둘러보다가 갇혔어요! 예? 아니,
그게 아니라. 됐고. 지금 빨리 이쪽으로 사람 좀 보내요! 그
센터 뒤쪽에 문이 하나 있는데. 뭐요? 아니, 진짜. 일단 좀 닫
지고 내 말을 좀 들어요! 빨리 지금 거기로 사람 보내서 나 좀
여기서 꺼내…"

제대로 말을 하지도 못했는데 통화가 툭 끊어졌다. 화면을
확인해 보니 다시 통화권 이탈 지역이라는 표시가 떴다. 나는
절망 속에서 휴대전화를 들고 어떻게든 전파가 닿는 곳을 찾
아보려 했다. 하지만 휴대전화는 끝내 먹통이었다. 나는 그대
로 털썩 주저앉아 머리를 쥐어뜯으며 눈물을 흘렸다. 나이 오
십 먹고 울 일이 있을까 싶었는데 이런 상황을 겪게 되자 눈
물이 계속 쏟아졌다.

한참을 울고 나니 속이 좀 시원해져서 다시 몸을 추스르며
일어날 수 있었다. 운다고 나에게 닥친 이 일을 어떻게 할 수
있는 것도 아니었기에 어떻게든 밖으로 나갈 길을 찾아야 했

　　　　　　　김선민

다. 새롭게 펼쳐진 공간을 걸어가면서 나는 이 공간들이 서로 연결되어 있고, 그 연결 지점이 어딘가에 있다는 사실을 깨달았다. 만약 내가 처음 왔던 곳으로 가면 다시 밖으로 나갈 출구를 찾을 수 있을지도 몰랐다.

지이이이잉—.

그때 내 귀에 익숙한 소리가 들렸다. 처음 들렸던 진동 소리였다. 내가 처음 냉장고를 발견했던 장소에는 커뮤니티센터와 연결된 붉은 문이 있을 테니 그걸 찾아야 했다. 나는 진동 소리를 따라서 움직였다. 천장에서 비추는 형광등의 하얀 불빛이 내 눈에 스며들어 따가웠다. 빛을 피해 보려고 해도 이 개방된 공간에서는 숨을 곳조차 없었다. 아까 있었던 공간에 비해서 온도가 좀 낮았는지 흐르던 땀이 피부에 말라붙었다. 나는 진동 소리를 따라 걷고 또 걸었다.

지이이이이잉—.

진동 소리가 점차 가까워졌다. 소리를 따라가는 내 걸음 역시 좀 더 빨라졌다. 그곳만 찾으면 나는 바깥으로 나갈 수 있을 것이라 생각했다. 코너를 돌아서 진동 소리가 느껴지는 곳으로 뛰어갔다. 그런데 그곳에 있는 것은 아까 보았던 공간이 아니었다.

"아…."

냉장고 하나가 공간 한가운데 덩그러니 놓여 있었다. 아까 봤던 것과는 또 다른 모델이었다. 전기 코드도 없이 작동

뒷문

하고 있는 냉장고를 본 나는 온몸이 덜덜 떨렸다. 나는 천천히 냉장고 쪽으로 다가갔다. 그리고 손잡이를 잡고 문을 열었다. 안에는 라벨이 없는 생수통과 초록색 플라스틱통이 가득 채워져 있었다. 나는 떨리는 손으로 생수통 하나를 집어 들었다. 뚜껑을 따서 안에 든 물을 벌컥벌컥 마셨다. 아까의 물과 달리 살짝 아몬드 맛이 났다. 갈증은 금방 해소되었지만 갑자기 속이 뒤틀리며 구토감이 치밀었다.

"우에에엑!"

마신 물을 죄다 토해 냈다. 아까 먹은 맛없는 스낵이 곤죽이 되어 내 위액과 함께 섞인 채 바닥에 흩뿌려졌다. 나는 숨을 몰아쉬며 반절쯤 남은 생수통을 벽을 향해 내던졌다. 하얀 타일로 이루어진 바닥에 물이 흥건히 쏟아졌다. 머리를 쥐어뜯으며 나는 소리를 질렀다. 벽에 머리를 부딪히고, 바닥을 내리치며 소리를 지르고 또 질렀다. 하지만 그 무엇도 달라지는 것은 없었다. 냉장고는 지속적으로 진동 소리를 냈고, 그 안에는 여전히 생수와 스낵이 가득 든 초록색 플라스틱통만 존재할 뿐이었다.

쿠우웅!

그때 저편에서 익숙한 소리가 울렸다. 아까 봤던 그것이 오는 것이 분명했다. 나는 다급하게 생수 몇 개와 스낵이 든 통을 들고 자리에서 일어났다. 정체를 알 수 없는 그것이 내 흔적을 따라 쫓아오기 전에 도망을 가야 했다.

김선민

'도망을 간다? 어디로?'

그 순간 나는 머릿속에 뭔가를 떠올리려 했다. 내가 어디로 가려고 했었는지가 잘 기억나지 않았다. 중요한 것은 일단이곳에서 벗어나는 것이었다. 나는 형광등이 비추는 하얀 타일이 깔린 복도를 맨발로 뛰었다. 어디가 끝인지는 알 수 없었지만 걷고 또 걸었다. 목적을 잃은 채 나는 무엇인가에 쫓기며 계속 달렸다. 가끔 냉장고가 나오면 생수를 마시고, 스낵을 입안에 욱여넣었다. 단 한시라도 쉬는 것은 불가능했다. 언제 그것이 나올지 알 수 없었기 때문이다.

그런데 어느 순간부터인가 나는 생수도 스낵도 먹을 수가 없었다. 그것을 입에 대기만 해도 속이 울렁거리고 구토가 나왔기 때문이었다. 잠도 자지 못하고, 끊임없이 나를 쫓아오는 정체불명의 존재를 피해 도망을 치면서 치솟아 오르는 구토감과 허기에 정신을 차릴 수가 없었다. 내가 할 수 있는 일이라고는 우는 것밖에 없었다. 처음에는 눈물이 나왔지만 점점 눈물이 메말라 갔다. 목은 쉬고, 혀는 굳어서 말을 할 수 없었다. 하지만 그럼에도 나는 계속 걸었다. 내가 열고 들어왔던 붉은 문을 찾기 위해서 계속 걸었다.

그러다가 어디선가 소리가 들렸다. 분명 사람 말소리였다. 나는 그 소리가 들리는 곳으로 다가갔다. 인기척이 느껴졌다. 나를 구하러 온 사람이 분명했다. 거친 숨소리와 악을 쓰는 목소리가 들렸다. 푸른 조명이 비치는 복도 쪽으로 다가갔다.

뒷문

복도 바닥에 무엇인가가 있었다. 신발, 양말, 옷가지가 일렬로 바닥에 놓여 있었다. 사람의 흔적. 나는 천천히 고개를 숙이고 다가갔다. 손을 뻗어 신발을 집어 들었다. 사람의 냄새가 났다. 동시에 나는 큰 허기를 느꼈다.

오랫동안 무엇인가를 먹어보지 못했다. 신발이라도 먹으면 허기가 좀 가시지 않을까 하는 생각이 들었다. 어느샌가 길게 자라난 머리카락이 내 시야를 가리고 있었다. 나는 신발을 가지고 와서 입안에 집어넣어 씹어 먹었다. 고무와 가죽과 여러 가지 소재들이 입안에서 씹히는 느낌이 났다. 맛이 있을 리는 없었지만 허기는 가셨다. 신발을 모두 먹고 다른 것도 집어 들었다. 천천히 뜯고 씹어 먹었다. 맛은 없었지만 허기를 달래는 데는 도움이 됐다.

그때 거친 숨소리와 함께 누군가가 급하게 뛰어가는 소리가 들렸다. 다급한 발소리에 나는 천천히 자리에서 일어났다. 허기를 채우는 것이 중요한 것이 아니었다. 이곳에서 나가는 것이 더 중요했다. 분명 누군가가 나를 구하기 위해 이곳에 사람을 보낸 것이 틀림없었다. 나는 다시 걸었다. 어딘가로 달려가는 누군가를 쫓아서 걸었다. 나조차도 낯설게 느껴지는 낮은 울음소리를 내며 걸었다.

지이이이잉—.

김선민

옆에서 익숙한 진동 소리가 울려 퍼졌다. 그 소리가 이 공간 전체에 울려 퍼졌다. 끊임없이 들리는 진동 소리와 거친 숨소리를 따라 나는 걸었다. 끊임없이.

뒷문

낙원모텔 철거작업

박섬신

"경빈이 중학교 교복은 내가 해줄게."

아내는 그의 말에 미간을 찡그렸다.

"약은 챙겨 먹는 거야?"

아내의 시선이 정답을 찾았다는 듯 한수의 손등에 난 상처를 쏘아보았다.

"이제 다 나았어."

"사고 치지 말고, 그냥 죽은 듯이 살아."

아내는 노골적으로 경멸을 드러내며 말했다.

'척결한 거야. 그놈들이 잘못한 거라고. 나는 그냥 악을 처단한 거라고.'

이렇게 말했다면 또 환청, 환시가 시작되었다면서 경빈도

박성신

못 만나게 할 게 뻔했다.

"경빈이랑 입학 기념 여행이라도 갈까?"

아내는 대답도 하지 않고 일어섰다. 의자 끄는 소리가 카페에 울려 퍼졌다. 경빈은 여전히 휴대전화에 고개를 처박은 채 그녀를 따라나섰다.

"아들!"

한수가 경빈을 불렀다. 그제야 경빈이 고개를 돌려 한수를 보았다.

"또 보자."

"응."

한수의 심장이 아렸다.

그는 이혼 후에도 돈을 모으는 족족 아내에게 보냈다. 아내는 그 돈을 받으면서도 늘 못마땅한 얼굴을 했다. 하지만 돈을 직접 건넬 때만 경빈을 볼 수 있다는 사실을 한수는 알고 있었다. 좋은 남편은 되지 못했지만 괜찮은 아빠가 되고 싶었다.

"당신은 좋은 작가가 될 거야."

결혼 전 아내는 그렇게 말했다.

한수 또한 유명한 작가가 될 거라는 확신이 있었다. 그는 어릴 적부터 글을 썼다. 그 시절 한수의 아버지는 자기만의 세계에 갇혀 있었고 엄마는 한수에게 최소한의 양육을 했지만 애정은 없었다. 어린 한수에겐 자신만의 안전한 장소가 필요했다. 상상 속 세상을 만들어 그 안에 머물렀다. 그게 글쓰기였다. 고등학교를 졸업하고 엄마가 돌아가신 후부터는 잠자고 밥 먹을 때 빼고는 글을 썼다. 군대 제대 후 신춘문예에 당선되고 빛나는 신예로 기사에 실렸다. 그때 아내를 만나 결혼했다. 아내에겐 세상 물정을 모르는 한수가 순수해 보였다. 그러나 미래는 늘 그렇듯 예상과 달랐다.

언제부턴가 소설을 써도 관심 가져주는 출판사가 없었고 공모전도 연달아 떨어졌다. 겨우 잡은 일거리로 영화 기획 개발 작가를 했지만 요구하는 글만 수십 번 수정해 주고선 돈을 제대로 받지 못했다. 꿈을 포기하지 말라는 자기개발서를 읽으면서 드라마 작가를 준비했지만 실패했다. 그러던 중 첫째 아들이 경빈이가 태어났고 2년 후 둘째 딸 경서가 태어났다.

아내는 산후조리도 제대로 하지 못하고 바로 직장에 복귀했다. 자연스레 육아는 한수의 담당이 되었다. 둘째가 두 돌이 되는 날 영화사와 계약을 했다. 40대가 된 나이 든 신인 작가. 이제껏 경험으로 봤을 때 이것이 그에겐 마지막 기회였다. 하지만 육아를 하면서는 글 쓰는 데 집중할 수 없었다. 아내가 출근하고 나면 두 아이를 돌보면서 10분 이상 모니터를 바라보는 게 불가능했다. 명치가 답답하고 목구멍에 뭔가 걸린 듯이 숨쉬기가 힘들었다. 아이들의 양말을 짝짝이로 신기거나, 계란 프라이를 태우는 일이 늘어났다.

"이번이 마지막 기회야. 제발. 온전히 작업에 집중할 시간

박성신

을 줘."

그의 애원에 결국 아내는 아이들을 캐리어 두 개와 함께 외가에 맡겼다. 아내도 외가에서 출퇴근을 했다. 혼자가 된 한수는 하루 종일 책상 앞에 앉아 있었다. 그러나 글은 써지지 않았다.

'무능한 새끼.'

'찌질이에 패배자야.'

길을 걸어가면 사람들의 말소리가 귀에 들려왔다. 그럴수록 고개를 숙이는 날이 늘어났지만 마음속에서는 분노로 가득 찬 악의가 들끓었다. 그러던 와중 둘째 딸이 교통사고로 죽었다. 초등학교 앞에서 브레이크를 액셀로 착각한 한 술 취한 남자 때문이었다. 하지만 진짜 이유는 한수였다. 한수는 학교를 나서는 딸을 건너편에서 보고 있었다.

'어머, 저 백수 새끼 또 왔네.'

'창피한 줄 알아야지.'

학부모들이 그를 보고 수군거리는 거 같아서 견딜 수가 없었다. 손에 땀이 나고 속이 메슥거렸다. 평소대로라면 학교 앞까지 한수가 가야 했다. 손을 잡고 안전하게 하교를 도와야 했다. 한수가 곁에 있었다면 딸은 죽지 않았을 것이다. 하지만 그 말은 아내에게 하지 못했다. 1년 후 아내는 이혼 서류를 내밀었고 한수는 사인할 수밖에 없었다.

한수는 딸 경서가 죽고 난 후 글 쓰는 일을 포기하고 닥치는 대로 일을 했다. 2년 전부터 주방에서 일하다가 배달 기사를 했지만 한군데에서 오래 하는 일은 힘들었다. 시간이 지나다 보면 불가피하게 사람들과 알아가게 되는데, 이런 관계 맺음이 어려웠기 때문이다. 정신과 상담을 받고 약을 먹기 시작한 것도 그 무렵이었다. 우울증과 외상 후 스트레스 장애 진단을 받았다. 함께 일하는 사람들은 '한수 씨는 사람이 어두워', '어딘가 위험해 보여', '도무지 속을 알 수 없어'라는 이유로 그를 멀리했다. 그래서 찾은 곳이 인력 사무소였다. 잡부는 사람들과 관계 맺지 않아도 되므로 편했다.

특히 이번 일은 간단했다. 오래된 모텔 내부를 철거하는 일이다. 말이 철거지 별다른 기술이 없는 한수에게는 청소 일에 가까웠었다. 거기다 이번엔 계약기간이 보름이나 되었고, 밥, 숙식 포함이다. 마침 밀린 월세 때문에 고시원 방을 빼야 했으니 선택지가 없었다.

작업 1일째

인력 사무소에서 한수를 포함한 총 일곱 명이 이번 작업을 위해 모였다. 서울은 6월이라고는 볼 수 없는 기록적인 무더위가 지속되었다. 조금만 움직여도 한수의 겨드랑이에 땀이 찼다. 모두 약속이나 한 듯 작업복을 입고 있었다. 나이대와

출신이 모두 다른 인부들은 서로의 이름은 묻지도 않았고 그저 누구누구 씨라고 부르거나 출신 지역, 혹은 별명으로 불렀다. 한수만이 자신의 이름을 밝혔다.

"정한수입니다."

"박가요."

얼굴이 새까맣고 주름이 많은 60대가 입술로 담배를 물었다.

"형님, 저는 장 씨입니더."

장 씨가 손날을 이마에 붙여 경례를 했다. 작은 키에 배가 불룩하고 콧잔등이 시뻘겠다. 40대 후반으로 보였지만 한수는 자신보다 어릴지도 모르겠다고 생각했다.

"전 그냥 최 군이라 불러주세요."

최 군은 170센티미터 정도의 키로, 볼에 여드름 자국이 가득했고 눈썹이 흐렸다.

"어리네. 대학생이가?"

장 씨가 최 군을 아래위로 훑었다.

짬밥이 있는 선수들은 뒤탈이 없다. 그러나 새내기들은 효율이 떨어지고 작업 속도가 더디기 때문에 별로 환영받지 못한다.

"작년에 제대했습니다. 이 중에 제가 제일 삽질 잘하게 생겼는데요? 하하."

최 군의 능글맞은 받아치기를 모두 웃어넘겼다.

"반갑소. 이가요잉."

50대 사내는 고개를 까닥였다. 어깨가 넓고 팔근육이 우람했다. 전라도에서 포도 농장을 하는데 이번엔 농사가 잘 안돼서 몇 달간 막노동을 한다고 했다. 일하는 리듬이 깨지면 게을러진다며 이 일에 지원했다는 것이다.

'나도 50대가 되면 이 남자처럼 될까. 도배학원이라도 다시 다녀야 할지.'

한수는 이 씨를 보며 생각했다.

"안녕하세요. 베트남에서 왔습니다. 제 이름은 반다이입니다. 또 콩 테 노이 티엥 한. 잘 부탁드립니다."

검은 눈동자가 유난히 새까만 20대 베트남 청년이다. 덧니를 보이며 어설픈 한국어로 인사했다.

"야— 베트남! 쌀국수 맛나지."

이 씨가 반다이를 보며 키득거렸다.

"늙은 한국 노동자보다는 젊은 베트남 노동자가 더 낫다는 말이 정설인가. 2, 3년 전만 해도 한국인이 7대 3이었는데 지금은 90프로가 외국인이야."

박가네가 반다이를 못마땅해하듯 쳐다보았다. 반다이는 한국말을 아는지 모르는지 미소만 지었다.

"미스터 양이라고 합니다."

유난히 흰 치아에 키가 큰 30대 사내가 미소를 지었다. 그은 피부와 수염이 인상적이었다. 막노동으로 돈을 모아 오지

박성신

탐험을 했다면서 자신을 자유로운 여행가로 소개했다. 그가
메고 온 가방에는 여러 국기가 그려진 배지가 달려 있었다.
미스터 양은 반다이에게 유창한 베트남어로 인사를 건넸다.
펜던트가 목걸이 끝에서 흔들렸다.

"아, 이거. 벼락 맞은 대추나무로 만든 거예요. 어디서든
저를 지켜줍니다."

이번 일의 총책임자는 김 소장이란 남자였다. 두툼한 턱에
머리가 벗겨진 50대로, 비열하고 이기적인, 전형적으로 강자
에게 약하고 약자에게 강한 스타일이었다. 김 소장은 철거 일
을 전문으로 하는데 한때는 자기 이름을 건 회사도 운영했다
며 거드름을 피웠다.

현장은 서울에서 1시간 정도 떨어진 월영시다.

각종 내부 철거. 폐기물. 청소 전문. 이름 값하는 -민
음철거-

승합차에 쓰인 홍보 문구가 햇살을 받아 번쩍였다.

"출발하지!"

한수를 포함한 다섯 명은 김 소장의 승합차에 탔고, 나머
지 두 명은 김 소장이 가져온 1톤 화물차를 운전해 뒤따라왔
다. 1시간 정도 달리자 '월영시에 오신 것을 환영합니다'라는
표지판이 보였다.

"동네가 이상하게 조용하네요. 꼭 귀신 나오게 생겼어요."

최 군이 창밖을 보며 말했지만 대답하는 이는 아무도 없었다.

멀리 보이는 커다란 저수지와 산, 폐쇄병동과 위령비, 사람이 거의 다니지 않는 터미널과 재개발 주택지역, 목욕탕, 빈 먹자골목과 이제는 자리를 옮겨 텅 비어버린 시청 건물들이 스산하게 느껴졌다. 신시가지 쪽은 그나마 학생들도 보이고 활기찼지만 승합차가 향하는 구시가지 쪽은 쇠락한 느낌을 지울 수가 없었다.

승합차가 폐쇄된 시청 앞을 지나자 사람들은 승합차를 여탕에 들어온 사내아이 보듯이 쳐다보았다.

'이 더위에 시원한 바람이 부네?'

날은 더웠지만 어디선가 시원한 바람이 불어왔다. 그 바람에는 희미한 악취도 섞여 있었다. 마치 동네 전체에 곰팡이 냄새와 오래된 버섯 냄새, 술 냄새와 기름 냄새가 뒤섞여 있는 듯했다.

'산에서 시체라도 썩고 있는 걸까? 아니면 저수지에서?'

또 이런 소리를 했다가는 미친놈 취급을 받을 것이다. 언제나 그랬듯이 입 다물고 있는 편이 가장 좋다.

한수가 바람에 휘날리는 오래된 현수막을 보며 생각에 잠기는 동안 승합차는 텅 빈 먹자골목을 지났다. 간판이 낡은 안암소고기식당, 문을 닫은 약국, 입구 바닥에 기름때가 낀 치킨집, 매장 이전이라는 현수막이 붙은 중화요릿집, 유성 철

강, 흑염소즙, 황동마트 등등, 상가는 거의 문이 닫혀 있었고 군데군데 녹슨 셔터가 내려져 있었다. 그나마 문이 열린 곳은 황동마트와 목공소뿐이었다. 한수는 목공소 앞 작은 간이의자에 앉은 한 노인을 보았다. 그때 노인의 휑한 눈구멍 위로 손가락만 한 검은 물체가 '획' 하고 지나갔다.

'방금 뭐였지?'

눈을 크게 뜨고 보았지만 이내 사라지고 없었다.

인부들을 실은 김 소장의 승합차는 낡은 주택 앞에 멈췄다. 아무렇게나 찢은 박스 위에 '하숙'이라고 매직으로 휘갈겨 쓴 게 대문에 붙어 있었다. 인부들은 저마다 구부렸던 다리를 펴며 차에서 내렸다. 길바닥은 얼룩덜룩했고 신발 밑창이 들러붙을 정도로 진득거렸다.

하숙집 주인은 백발의 할아버지였다. 할아버지는 김 소장이 내미는 돈을 한 장 한 장 침을 묻혀가며 셌다.

"아휴, 숙소 깔끔하고 좋네요. 어르신."

김 소장이 낡은 하숙집을 둘러보며 말했다. 김 소장은 이곳에 묵지 않는다. 혼자 신시가지의 신축 모텔을 잡았다.

"밤 12시 넘어서는 절대로 집 밖으로 나가지 마시오. 그리고 특히 일하는 현장에서는 머리카락 한 올, 쌀 한 톨도 가져와선 안 되오. 내가 말한 것 지키지 못하겠으면 당장 돌아가시오. 방값은 돌려줄 테니."

할아버지가 말했다. 쇠가 긁히는 목소리였다.

이상한 규칙에 인부들은 서로 눈빛을 마주치기만 할 뿐, 아무런 대꾸도 하지 않았다. 김 소장이 대신 대답했다.

"그럼요. 전화로 말씀드린 대로 아침 일찍 일 시작해서 늦게 들어올 테니 밤에 나갈 일이 없습니다."

"그럼 그렇게 알겠소. 그리고 일 마치고 집 안으로 돌아올 때는 저기 있는 것을 꼭 뿌리도록 하시오."

할아버지가 가리킨 것은 현관 앞 분무기였다. 안에는 투명한 액체가 들어 있었다.

"저게 뭡니까?"

박가네가 물었다.

"뿌려서 나쁠 것 없으니 내 말대로 꼭 뿌리시오. 액운을 없애주는 물이니까."

할아버지는 입력된 대사를 마친 로봇처럼 할 말만 하고 뒤돌아 나갔다.

"아, 예. 예. 걱정 말고 들어가이소, 어르신."

배가 불룩 나온 장 씨는 할아버지의 뒤통수에 대고 90도로 인사하며 대답했다.

"뭔데 함 뿌려보자."

장 씨가 분무기를 들어 허공에 뿌렸다. 막 뿌릴 때는 무색무취였는데 잠시 공기 중에 떠돌더니 톡 쏘는 강한 냄새가 코로 훅 쳐들어왔다.

박성신

'우웩.'

한수는 알 수 없는 역겨움을 느끼고 인상을 찌푸렸다. 그러나 다른 사람들은 아무런 냄새도 맡지 못한 듯 표정 변화가 없었다.

인부들은 한 방에 두 명씩 지내기로 했다. 한수는 장 씨와 눈이 마주쳤다. 장 씨는 한수를 향해 누런 이를 보이며 미소 지어 보였다. 한수는 다른 방으로 가려고 했지만 이미 최 군과 미스터 양, 반다이 그리고 박가네와 이 씨가 각각 한 방에서 짐을 풀고 있었다.

"젊은 사람이 뭔 약을 그리 먹노?"

장 씨가 한수의 가방 속에 있는 약 봉투를 들여다보며 물었다. 한수는 말없이 가방을 닫았다.

하숙집은 방이 세 개, 욕실이 두 개, 주방이 하나, 베란다 두 개, 세탁실 하나로 꽤 넓었다. 그러나 벽지가 누렇고 장판이 들떠 있었다.

'바퀴벌레약이 왜 이렇게 많아?'

한수가 둘러보니 방 모퉁이, 천장 곳곳에 바퀴벌레 퇴치제가 붙어 있는 게 눈에 들어왔다.

'침구도 눅눅하고 냄새나. 그래도 주방도 넓고 공용 거실에 텔레비전도 있어서 다행이라고 해야 하나?'

한수가 창문을 열었다. 밖을 보니 멀지 않은 곳에 현장인 모텔촌이 보였다.

낙원모텔 철거작업

"빨리빨리 움직여! 이러다 하루 다 간다!"

시계를 보니 오전 10시 정도가 되었다. 쉴 시간도 없이 김 소장은 인부들을 채근했다. 장 씨의 배에서는 꼬르륵 소리가 들렸다. 하지만 김 소장은 인부들을 양 떼처럼 몰아 작업 현장으로 향했다.

"사무소에서 설명 들었지? 모텔 리모델링하기 전에 내부 철거, 폐기물 청소, 살수, 자재 정리, 삽질, 폐기물 운반을 하는 것이 우리 일이다. 한마디로 내가 시키는 대로만 하면 된다는 소리야. 지금 장마철이라 공사 중단한 곳이 많아서 일자리 못 구하는 거 알지? 15일 일거리라니, 자네들은 운 좋은 거야."

막노동판 일반 조공은 15~16만 원. 미장은 25만 원 넘고 자제 정리는 16만 원이니, 일당 20만 원은 나쁘지 않았다. 거기다가 숙식에 밥 제공까지. 또한 15일간 쭉 일할 수 있다. 일이 모두 끝나고 돈을 받는다는 게 조금 걸리긴 했지만.

"이 동네는 비가 안 오기로 유명하다고 하네요."

김 소장의 말이 끝나자 최 군이 장갑을 끼며 말했다.

"소문으로는 산신을 노하게 해서 비가 오지 않는 거라고요."

최 군은 유튜버로, '최악으로 힘든 일'이라는 주제로 콘텐츠를 만드는 청년이었다. 이번엔 월영시 모텔 철거작업편을 촬영할 것이라고 한다. 미리 이 동네에 대해 조사를 하고 온

박성신

모양이었다.

"산신이고 나발이고, 우리야 돈만 벌어 가면 끝이지, 뭐."

박가네가 작업화를 갈아 신으며 대꾸했다. 나머지 인부들
도 작업화로 갈아 신고 각반, 장갑, 마스크를 착용했다. 미스
터 양이 목걸이 펜던트를 쥐고 중얼거렸다.

모텔은 4층 건물이다. 페인트칠이 벗겨진 외벽 붉은 벽돌
위에 초록색 글자로 낙원, 그리고 빨간 글자로 모텔이라고 적
힌 간판이 붙어 있다. 누렇게 먼지가 쌓인 창틀이 한 층당 다
섯 개씩 있었는데 창문에 유리가 없어 전체적으로 콘크리트
벽에 구멍이 뻥뻥 뚫린 것처럼 보였다. 1층은 접수처, 2층은
방 다섯 개, 3층은 방 다섯 개, 4층은 방 네 개와 옥상이 전부
다. 흉가 탐험대가 찾아와도 이상하지 않을 만큼 흉물스러웠
다. 7년 전까지 영업을 했다는 게 믿기지 않았다. 전주인이
매매를 내놓았지만 오랫동안 팔리지 않았는데 외지인이 최근
매매를 했다고 한다. 이곳 모텔촌은 한때 번성했지만 지금은
시청이 신시가지로 이동하고 버스터미널의 이용객이 확 줄면
서 모텔들은 하나둘 문을 닫았다.

"이 모텔 소문 들었어요?"

최 군이 목소리를 낮춰 물었다.

"소문? 그기 뭔데?"

다들 별 반응 없이 최 군을 보기만 했지만 장 씨만 호들갑

을 떨며 되물었다.

"귀신 붙은 모텔이라구요. 모텔 들어가는 사람들, 기가 약한 사람들은 귀신 보거나 빙의된대요. 그래서 여기가 한때 공포 체험 마니아들한테 성지였대요. 그 하숙집 할아버지가 12시 넘어서는 밖에 나가지 마라, 모텔에서 물건 가져오지 마라, 그런 말 한 것도 이상하잖아요."

"나 참, 나이 들어봐라. 귀신보다 가난이 더 무섭다."

박가네가 최 군의 호들갑에 혀를 차고 안으로 들어갔다.

"하여튼 이 안에 있는 물건들은 절대 건들면 안 된다고 그러더라구요."

"물건을 안 건들고 철거를 우째 하노. 그기 다 미신이다."

장 씨가 대답했다.

"저거 금줄 아니에요?"

최 군의 말에 고개를 돌리니 모텔 입구에 걸린 새끼를 꼬아둔 금줄이 보였다. 금줄은 모텔을 중심으로 직사각형으로 둘려 있었다.

"맞네. 와 이런 게 여 있노."

장 씨가 주변을 두리번거렸다.

"뭐 해? 야, 니들, 그거 치워버려!"

김 소장이 소리쳤다. 하필 눈이 마주친 한수가 빠른 동작으로 금줄을 치웠다. 금줄을 걷어내자 어디선가 바람이 불고 오래된 막걸리 냄새 같은 시큼한 악취가 풍겼다.

박성신

"와. 으스스한 게 기분 안 좋은데."

최 군이 두리번거렸다. 미스터 양이 심각한 얼굴로 금줄을 왜 치웠냐고 한수에게 타박했다.

"빨리빨리 움직여!"

김 소장의 재촉에 나머지 인부들도 각자 공구를 챙겨 내부로 들어갔다.

모텔 복도는 전기가 들어오지 않아 인부들이 매달아 놓은 희미한 형광등이 전부였다. 소장의 지시에 따라 층을 나눠 2인 1조로 일을 하기 시작했다. 벽을 뜯어내고, 침대를 빼내고 장식장을 부서뜨렸다. 작업 도중 손가락만 한 바퀴벌레가 나왔다. 장 씨는 아무렇지 않게 발로 밟은 후 보란 듯이 누런 이를 드러내며 입꼬리를 올렸다.

"베트남에서 바퀴벌레 많으면 부자 된다."

그 모습을 보고 반다이가 말했다.

벌레의 배설물이 섞인 회백색 카페, 곰팡이가 핀 벽지, 이곳저곳 새는 물 때문에 생긴 습기 탓에 모텔 내부는 바퀴벌레가 살기에는 최적의 조건이었다.

한수는 401호의 장식장을 뜯다가 서랍에서 손목시계를 발견했다. 은색 메탈이고 '세이코 오토매틱'이라는 글자가 영어로 쓰여 있다. 시계 초침과 분침이 움직였다. 못해도 20만 원은 넘는 시계였다. 한수가 장 씨 쪽을 곁눈질했다. 같은 조인 장 씨는 허리를 숙이고 화장실 타일을 뜯어내느라 정신없었

낙원모텔 철거작업

다. 한수는 시계를 소매에 두어 번 문질러 닦고 찼다. 시계가 손목 위에서 반짝였다.

첫날은 그렇게 각자 일을 하느라 금방 시간이 지나갔다.

작업 2일째

새카만 비구름이 몰려와 있었지만 신기하게도 비는 내리지 않았다. 그래도 6월이니 후덥지근한 날씨였다. 인부들은 뜯어낸 폐기물을 하루 종일 옮겼다. 한수는 등짝이 땀으로 젖고 허리가 욱신거렸다. 덥다고 투덜거리던 장 씨가 매트리스를 들어보니 갈색 공처럼 모여 있던 수십 마리의 바퀴벌레가 우르르 쏟아져 나왔다.

"와, 씨. 바퀴벌레!"

한수는 반사적으로 바닥에 흩어지는 바퀴벌레를 정신없이 짓밟았다.

"죽어. 죽어!"

한수의 신발 밑에서 딱딱한 껍질이 으깨졌다. 몸 전체에 힘을 주고 바퀴벌레를 짓누르는 한수의 모습은 마치 신들린 무당 같았다.

"됐다. 그만해라."

장 씨가 한수의 팔을 붙잡고 나서야 한수는 동작을 멈췄다. 호흡이 턱까지 차올랐다.

"아 씨. 이 바퀴벌레 새끼들, 사람 열받게 하네요."

점심시간이 되자 인부들 사이에서 바퀴벌레 이야기가 나왔다. 이런 일은 예사라며 저마다 겪은 끔찍한 경험담을 늘어놨다.

이 씨는 철거하다 담요를 들췄더니 노숙자의 입가에 붙은 음식물을 먹는 쥐를 본 적이 있다고 했고, 미스터 양은 바퀴벌레가 많은 곳에서 텐트를 치고 야영한 이야기를 했다. 급기야 시체를 파먹는 구더기 이야기까지 나왔다. 점심시간이 지나고 노동에 지치자 말수가 줄어들었다. 가끔 바퀴벌레를 때려잡는 '퍽! 퍽!' 소리가 들릴 뿐이다.

오후 5시가 되자 인부들은 다시 1층 앞에 모였다. 김 소장이 시원한 차 안에서 내려 현장 체크를 했다. 혼자 뭘 먹었는지 달달한 크림 냄새가 풍겼다. 인부들은 김 소장을 보며 몰래 눈으로 욕했다.

'치사한 새끼.'

퇴근 후 샤워를 마친 인부들은 소주와 삼겹살을 먹으러 갔다. 고된 노동 탓에 잊었는지 하숙집 할아버지가 당부한 분무기를 뿌리는 인부는 없었다. 홀로 숙소에 남은 한수는 분무기를 들어 공중에 분사해 보았다. 톡 쏘는 냄새가 났다.

'분명히 냄새가 나는데. 무슨 냄새지?'

비슷한 냄새를 떠올려 보려고 했지만 생각나지 않았다.

'목욕탕에 가자. 시원한 물에 몸 좀 담그자.'

한수는 샤워를 하려다가 목욕탕으로 향했다. 목욕탕까지 가는 길에 세 명 정도의 사람들을 지나쳤는데 모두 한수가 외지인이라는 것을 알아봤는지 입가에 친절한 미소를 띠었다.

목욕탕에서도 마찬가지였다. 주인아저씨가 한수에게 말을 걸어왔다.

"관광객이오?"

공사장 인부라고 하면 싫어할 것 같아서 고개를 끄덕였다.

"네."

주인아저씨는 친절하게 목욕탕 사용법을 알려주었다.

'아, 좋다.'

목욕탕 안에 들어선 한수는 하루 종일 더위에 달궈진 몸을 차가운 물에 푹 담갔다. 뼛속까지 시원했다. 그런데 어디에서 붙어온 것인지 모를 검은 벌레 한 마리가 탕 속에 떠 있었다. 한수는 고개를 가까이 들이밀었다.

'뭐야.'

벌레는 출렁거리는 물살에 몸을 맡기고 있었다. 등 쪽에는 갈색 광택이 나고 더듬이 두 개가 쭉 뻗은 바퀴벌레였다. 순간 그 바퀴벌레가 방향을 바꿔 한수 쪽으로 헤엄쳐 왔다.

"으악!"

놀란 한수는 몸을 일으켜 탕 밖으로 나왔다.

'하루 종일 바퀴벌레에 시달렸는데… 목욕탕까지 나타나

박성신

다니.'

한수는 대충 샤워를 마치고 밖으로 나왔다.

주인은 하숙집 할아버지와 속닥거리면서 이야기를 하고 있었고, 한수가 나오자 말을 멈췄다. 주인의 눈초리가 매섭게 변해 있었다.

"자네, 저 위 낙원모텔 철거 인부라며?"

한수는 죄지은 사람처럼 고개를 숙였다.

'인부는 목욕탕 오면 안 된다는 거야 뭐야.'

목욕탕을 나서는 한수의 뒤통수가 따끔거렸다. 유리창으로 비치는 모습을 보니 목욕탕 주인이 한수가 머문 자리에 분무기로 뭔가를 뿌리고 있었다. 하숙집에 놓인 분무기 안에서 나는 냄새와 같은 냄새가 났다. 귓가에 작은 웅성거림이 들려왔다. 고개를 휙 돌렸지만 목욕탕 주인은 말없이 분무기만 뿌려대고 있을 뿐이었다. 한수의 시야가 흔들렸다.

'기분 나쁜 동네야. 사람을 무시하다니.'

한수의 명치에서 뜨거운 기운이 솟구쳤다. 스스로를 진정시키려 눈을 감았다.

하숙집으로 돌아오니 저녁을 먹은 인부들이 모두 돌아와 있었다. 한수는 편의점에서 사 온 샌드위치를 먹으려 했지만 햄이 상했는지 쿰쿰한 냄새가 났다. 아까운 마음에 한입 먹어보니 구역질이 올라왔다. 결국 샌드위치를 버리고 함께 사 온 우유로 배를 채웠다.

밤 9시가 넘어가자 여기저기서 코 고는 소리가 들렸다. 어둠 속에서 사람들의 숨소리와 코 고는 소리가 뒤엉키며 괴상한 합창처럼 들렸다. 한수도 잠을 취하려 누웠다.

'잠이 안 와.'

장 씨의 코 고는 소리를 드럼통을 굴리는 것 같았다.

"저기요. 저기요."

한수는 장 씨를 흔들어 깨웠지만 미동도 없었다. 삼겹살이 아니라 돼지머리를 통째로 삼킨 것처럼 배가 빵빵했다. 총 한 자루가 있었다면 쏴버리고 싶은 충동이 일었다.

'이걸 확 죽여버릴까.'

벽에 걸린 거울에 한수가 비쳤다. 턱은 길게 늘어나고 눈동자는 두세 개로 갈라져 보였다. 흠칫 놀라 머리를 털었다.

'아니야. 진정하자. 단지 코를 고는 것뿐인데.'

담배를 하나 물고 거실로 나섰다. 방문이 모두 열려 있었고 선풍기가 돌아가는 소리가 났다. 창문을 열고 담배에 불을 붙였다. 창밖으로 앞집이 보였는데 모기장이 쳐져 있었다. 뒷집도 마찬가지. 모기가 많은가? 하지만 여기서는 모기 한 마리 보지 못했다. 이상하다. 한여름인데.

그때 어디선가 부스럭부스럭 소리가 들렸다.

'무슨 소리지?'

한수는 조용히 하숙집 밖으로 나가 보았다. 누군가 음식물 쓰레기 봉지를 뜯어놓았다. 이 더운 날 날파리라도 들끓어야

박성신

할 텐데 음식물 찌꺼기만 발라 먹은 듯 깔끔하게 비어 있었다.

한수는 손목을 들어 모텔에서 주운 세이코 시계를 보았다. 12시 13분. 손목시계만이 어둠 속에서 반짝였다.

작업 5일째

한수는 옥상에 올라왔다. 김 소장의 눈을 피해 담배를 피울 곳은 이곳뿐이었다. 한수는 김 소장을 보는 것이 껄끄러웠다. 그는 뭐든 꼬투리를 잡아 잔소리를 해댔고 비꼬는 특기가 있었다. 마주하고 있으면 악의가 자연스레 생겨났다.

'그래도 이게 어디야.'

힘들었지만 한수는 이 일에 만족했다. 인부들은 한수에게 과거를 묻지도 않았고 무언가를 함께 하자고 강요하지도 않았다. 바퀴벌레만 빼면 다 괜찮았다.

여기 바퀴벌레는 한수가 봐왔던 어떤 바퀴벌레보다 몸집이 크고 더듬이가 길었다. 밟혀서 몸뚱이가 터졌는데도 알을 품고 이리저리 뛰어다녔다. 어느새 쉬는 시간에 바퀴벌레를 잡는 것이 한수의 취미가 되었다. 처음에는 작업화 앞코로 눌렀다가 뗐지만 지금은 체중을 실어 몸통을 밟아 짓뭉갠다. 다시는 살아서 움직이지 못하도록. 바퀴벌레를 잡다 보면 어깨가 들썩이고 머리가 휘날린다. 담배에 불을 붙이고 한 모금 빨아들이는데, 옥상 안쪽에서 누군가의 통화하는 소리가 들렸다. 김 소장이다.

"네. 어마어마해요. 정말 엄청납니다. 아마 업체에 맡겨도 쉽진 않을 겁니다. 제가 처리하겠습니다. 지하까지요. 한 마리도 나오지 않게 박멸해 드리겠습니다. 네, 금액은 문자로 보내드리겠습니다."

통화를 끊은 김 소장은 옥상에 서 있는 한수를 보고 눈이 커졌다.

"아 씨— 깜짝이야. 일 안 하고 여긴 왜 처있냐?"

"너무 더워서 땀을 좀 식히고 있었습니다."

"놀라고 일낭 수는 거 아니야."

"다른 사람들은 편의점에 얼음을 사러 갔어요. 어차피 위에서 내려온 폐기물은 다 옮겼습니다. 사람들이 와야 또 쓰레기가 나오고 제 일이 생기거든요."

"점심시간 2분이나 지났는데 아직 안 왔단 말이지? 푸닥거리 한번 해야겠구만. 특히 장 씨는 화장실에서 똥 싸는 척하면서 휴대폰이나 하고 있는 거 모를 줄 아나 봐. 야, 저기 바퀴벌레다!"

한수는 김 소장이 가리키는 곳으로 시선을 옮겼다. 통통하고 반짝이는 등껍질을 한 바퀴벌레가 지그재그로 내달렸다. 한수는 재빨리 발을 움직여 위에서 정확히 몸통을 겨냥해 내리찍었다. 쫙— 하는 소리를 내면서 바퀴벌레의 몸이 터졌다.

박성신

"듣던 대로 바퀴벌레 킬러구만."

김 소장이 그 모습을 보더니 잇몸을 드러내며 웃었다. 한수는 반사적으로 김 소장이 시키는 대로 행동한 자신이 한심했다.

"지하에 가면 더 많을 텐데. 아—주 든든해."

"지하도 해야 됩니까?"

"당연히 지하도 철거해야지. 왜, 하기 싫어? 그럼 그만두던지."

한수는 어금니를 꽉 깨물었다.

"대답해 봐. 돈 안 필요한가 봐?"

김 소장은 그런 한수를 관찰하면서 두툼한 아래턱을 매만지며 웃고 있었다.

이곳의 지하를 생각해 봤다. 방치된 지 7년 된 모텔 지하. 모텔에서 멀지 않은 곳에 산과 저수지가 있다. 이상한 벌레가 잔뜩 있을지도 모른다. 습기 차고 어둡고 산 뒤편에서 흘러들어 온 저수지 찌꺼기가 있을지도 모른다. 어쩌면 뱀이 있을지도. 박쥐나 혹은 쥐.

"아닙니다."

대답과는 달리 한수는 김 소장의 멱살을 쥐고 코를 주먹으로 치고 싶었다.

"멋대로 그만두면 알지? 이전 일당도 못 받는 거. 직접 사인한 거 기억하지?"

이번 일까지 잘리면 또 다른 일을 찾아야 한다. 이곳 사람들과는 사이도 나쁘지 않아서 한수에겐 나쁠 건 없었다.

"여기 오기 전에 뭐 했다고?"

한수가 우물쭈물하며 대답하지 않자 김 소장이 한수의 목을 두꺼운 팔로 감아 조였다. 체취가 풍겨와 숨이 턱 막혔다.

"여기 오는 인간들 다 인생 막장이야. 너도 그렇지? 말해봐. 이 새끼야."

"그, 글을 썼습니다. 콜록."

"아— 작가님이란 말이지? 무슨 글?"

김 소장은 팔을 내리면서 비아냥거렸다.

"그냥 영화도 좀 쓰고 뭐, 소설도 좀. 이것저것요."

"뭐 나온 거 있냐? 내가 알 만한 거."

김 소장의 입가가 씰룩거렸다.

"아니요. 아직입니다."

사실은 영화가 엎어진 후 한수가 인터넷에 올린 글이 있다. 조회수가 상위에 링크될 만큼 인기가 있지만 김 소장에겐 말할 수 없다. 그 글의 제목이 '갑질 인간들 퇴치법'이기 때문이다.

"어휴, 그럴 줄 알았어. 딱 봐도 캐릭터가 작가가 아니야. 루저지. 나도 이 바닥에 오래 있어봐서 척 보면 다 안다고. 낄낄."

한수는 김 소장의 역한 입냄새에 숨을 참았다. 얼굴이 붉

박성신

어졌다. 주먹을 쥐었다 폈다.

"인심 썼다! 내가 앞으로 작가님이라고 불러줄게. 푸하하
하하."

김 소장의 비아냥을 뒤로하고 한수는 연장을 차고 계단으
로 내려갔다. 붉은 양탄자 위에 바퀴벌레 한 마리가 보였다.
바퀴벌레는 도망도 가지 않고 서 있었다.

마치 이곳의 주인이라도 되는 것처럼.

"모텔촌이 와 쇠락했는지 한수, 니 들었나?"

샤워를 마친 장 씨가 알몸으로 나오며 물었다.

"글쎄요."

왜 하필이면 장 씨와 한방일까. 장 씨는 겁과 말이 많고 부
끄러움과 매너는 없었다.

"어제 삼겹살집 말이다. 모텔촌에서 왔다니깐 표정이 변하
더라꼬. 물어보니까 거기서 사람이 사라졌다고 안 카나."

"사라져요?"

"그래. 이래저래 모텔은 금지구역이라는 기라. 이 동네 사
람들한테는."

한수가 사라진 사람에 대해 되물으려고 했지만 장 씨는 인
부들에게 섞여 한잔하러 나갔다.

'사라졌다. 실종됐다는 건가?'

홀로 남은 한수는 휴대전화 검색창에 '월영시, 낙원모텔,

실종'이라는 단어를 입력해 봤다. 페이지를 몇 번 넘기자 아래와 같은 기사를 하나 찾았다.

2018년 6월 20일

월영시에서 오병도 씨(32세)가 실종되었다. 그는 해충 박멸 회사인 원킬케어를 운영한 지 한 달밖에 되지 않았다. [중략] 그의 마지막 행적은 월영시의 한 4층짜리 낙원모텔에서 끊겼다. 경찰은 근처 CCTV를 뒤지는 등 그의 행적을 추적하고 있지만 묘연하다. 그는 직접 개발한 해충 박멸제의 거액 투자 유치 성공 후 실종되어 더욱 안타까움을 자아내고 있다.

기사 옆에는 실종된 오병도의 얼굴 사진과 전신 사진이 있다. 진한 눈썹 아래 옆으로 가는 눈, 매부리코, 얇은 입술, 인중 옆에 난 점, 모자 안으로 반듯하게 밀린 구레나룻이 보였다.

'웃지 않으면 날카로운 인상이겠어.'

중키에 호리호리한 체격. 검은 스키니 바지에 남색 반팔 작업 티셔츠와 남색 모자. 깃과 소맷단, 모자챙에는 오렌지색이 들어가 있는데, 작업복인 것 같았다. 허리에는 작업 연장을 찰 수 있는 가죽 허리띠와 그 허리띠에는 수납공간들이 여러 개 보였다.

기사가 쓰인 날짜는 2018년 6월 20일.

박성신

'벌써 8년 전 일이네. 근데 이 사람 어딘가 낯이 익네.'

한수는 남자의 얼굴을 한동안 바라보았다. 흰 장갑 위로 손목시계가 보였는데 메탈이었다. 화면을 확대해 보았지만 손목시계의 로고는 화면이 흐릿하여 보이지 않았다.

'이 시계랑 비슷한 거 같은데?'

한수는 자신이 주운 손목시계와 번갈아 보다가 화면을 꺼 버렸다.

'아니겠지. 비슷한 시계가 한두 개도 아닐 텐데.'

한수는 손톱을 잘근잘근 씹었다.

저녁 7시가 넘었지만 아직도 창을 통해 더운 바람이 불어 들어왔다. 한수는 휴대전화와 지갑을 챙겨 밖으로 나왔다. 하늘은 잔뜩 흐렸다.

먹자골목은 장 씨 말대로 사람이 없었다. 어디선가 희미한 담배 냄새가 났다. 둘러보니 전봇대 뒤에서 빨간 불빛이 켜졌다가 사라졌다.

한수는 가장 낡고 오래된 술집으로 들어갔다. '막걸리'라고 쓰인, 간판이라고도 할 수 없는 허술한 팻말을 달고 있었는데 그마저도 이어지는 사슬이 낡아 있었다. 문이 열려 있는 가게에는 에어컨은 꺼져 있고 선풍기 한 대가 돌아갔다. 4개의 원형 테이블은 다 비어 있고 손님은 한수뿐이었다.

술집 주인은 60대 할머니로 신경이 예민해 보이는 인상이었다. 주방 너머로 딸린 살림방이 보였다. 방 입구에 북어가 매달려 있었다.

"이 동네는 왜 이렇게 사람이 없습니까?"

한수가 물었다.

"예전엔 이곳도 북적거렸지. 시청이 폐쇄되기 전이라 먹자골목도 늘 사람들의 이야기 소리로 가득했었거든."

할머니는 주방에서 칼질을 하며 대답했다.

"낙원모텔에서 사람이 실종되었다면서요?"

할머니가 주문한 안주를 내주며 그제야 한수의 위아래를 살폈다.

"자네는 누군가. 관광객은 아닌 거 같고?"

한수는 안주로 나온 새우의 기다란 수염을 보며 바퀴벌레를 떠올렸다.

"일하러 왔습니다. 낙원모텔이 리모델링한다네요. 철거 인부예요."

"거길 새로 고쳐서 영업을 한다고?"

한수는 고개를 끄덕였다.

"안 돼. 절대로 안 돼."

할머니의 얼굴이 어두워졌다.

"3년 전에도 그 모텔을 철거하고 다른 것을 한다고 외지인이 덤벼들었다가 다들 사라졌어. 감쪽같이. 거긴 저주받았어."

"무슨 일이 있었는데요. 자세히 이야기 좀 해주세요."

한수의 물음에 할머니는 힘겹게 입을 열었다.

박성신

"8년 전인가. 낙원모텔에 유난히 바퀴벌레가 많이 나와서 손님들이 항의를 하는 일이 많았거든. 그래서 그때 주인이 해충 박멸 회사에 의뢰한 거야. 거기서 남자 둘이 왔었지. 그런데 한 명은 사라지고 한 명은 사고로 죽었어. 그 이후부터 바퀴벌레들이 낙원모텔뿐 아니라 온 마을에 들끓었어."

그 뒤로 한수는 할머니에게 더 자세한 이야기를 물어보았지만 입을 다물었다. 결국 한수는 남은 막걸리를 원샷하고 만원짜리 두 장을 테이블에 두었다.

'정말 이상한 동네야.'

가게 문 입구에 하얀 가루가 둘려 있는 게 눈에 들어왔다. 작은 바퀴벌레 한 마리가 가게 안쪽으로 들어오려다 하얀 가루에 막혀서 방향을 틀었다.

한수는 술집에서 나와 어두워진 골목을 걸었다.

터벅터벅.

누군가 따라오는 리드미컬한 발소리가 들렸다. 뒤돌아보니 아무도 없었다.

또다시 담배 냄새가 풍겨 왔다.

'누구지?'

다시 뒤돌아보니 그림자가 어둠 속으로 빨려 들어가듯 사라졌다. 한수는 뒤돌아 담배 냄새가 난 곳으로 걸어갔지만 어둠뿐이었다. 어둠 속에서 무언가 빠르게 걷는 소리, 부딪치는 소리가 들렸다.

'잘못 들은 걸까.'

한수의 발밑으로 바퀴벌레 한 마리가 스멀스멀 기어갔다. 그가 발을 들어 바퀴벌레를 밟았다. 발을 떼보니 짜부라진 줄 알았던 바퀴벌레는 어디에도 없었다.

'그러고 보니 약을 안 먹은 지 2주가 넘었어.'

한수는 주위를 두리번거렸다. 어둠 속에 빨간 불이 빛났다. 담배 필터가 타들어 가는 불빛이 분명했다. 가까이 가니 썩은 냄새와 배설물 냄새가 섞인 악취가 진동했다. 희뿌연 달빛 아래 남색 작업복을 입고 오렌지색이 들어간 남색 모자를 쓴 남자가 서 있었다.

"누구야?"

대답 대신 남자의 뻥 뚫린 한쪽 눈에서 바퀴벌레가 쏟아져 나왔다.

"으아악!"

한수는 후들거리는 다리로 뛰었다.

파닥파닥, 철커덕철커덕 소리가 뒤통수 뒤에서 들려왔다.

'잘못 본 거야. 약을 먹지 않아서 헛것이 보이는 걸 거야.'

숙소로 돌아온 한수의 심장이 미친 듯이 뛰었다. 가방 안에서 약을 꺼내 삼켰다. 손이 떨려 몇 번이나 약을 떨어뜨렸다. 약을 삼킨 한수가 크게 숨을 들이마셨다. 째깍째깍 시계 소리에 맞춰 심장이 뛰었다.

밤새 한숨도 자지 못했다. 한수는 아까 본 남자가 기사에

　　　　박성신

서 본 그 원킬케어의 실종자 같다는 생각이 머릿속을 떠나지 않았다. 기사 속의 사진을 다시 찾아보니 유니폼 색깔도 맞고 남색에 오렌지 줄무늬가 들어간 모자도, 인중에 난 점도 8년 전 사라졌다던 오병도와 똑같았다. 한수는 원킬케어, 낙원모텔, 괴담, 월영시, 실종 같은 단어를 검색했다.

강 모 씨(30대, 남) 교통사고로 사망.
원킬케어의 **강 모 씨**가 월영시 낙원모텔에서 해충 박멸 작업 후, 서울로 오는 도로 가드레일에 부딪쳐 아래로 추락.

2018년 6월 19일 기사였다. 그 밑에 2017년 12월 기사가 눈에 들어왔다.

원킬케어 오병도 대표 새로운 해충 박멸약 개발
농발거미, 돈벌레, 지네, 쥐, 개미, 고양이, 귀뚜라미, 는쟁이벌, 벌레살이호리벌 등 바퀴벌레의 천적을 연구해 완벽한 바퀴벌레 퇴치약 개발 성공. 세스코 나노엔텍 등과 20억 규모의 전략적 투자 유치 성공시켜. 공동으로 개발한 **강 모 씨**에게 영광 돌려.

남자 둘이 함께 찍은 사진이 보였다. 한수가 확대해 보니,

남자의 얼굴은 사라진 오병도였고, 공동 개발자는 강만희다.

'오병도의 실종과 강 씨의 사망은 하루 차이야. 함께 와서 혼자 돌아갔다. 둘 사이에 무슨 일이 있었던 걸까?'

그 뒤로 기사 몇 개를 찾아냈지만 별것이 없었고, 작가로서 상상력만 더해져 갔다.

그날 밤이었다.

"어디 갔어! 내 목걸이 누가 훔쳐 갔냐고!"

저녁을 먹고 돌아온 미스터 양이 가방을 뒤져가며 난리를 쳤다.

"내 목걸이! 누구 짓이야? 너야? 너야?"

평소 느긋한 표정은 온데간데없이 핏발 선 눈으로 모두를 노려보았다.

"누굴 도둑 취급하나. 이 새끼가!"

박가네가 달려들어 미스터 양의 턱을 날렸다. 미스터 양의 코에서 피가 쏟아졌다. 바닥 장판에 붉은 피가 떨어졌다.

"아따! 다들 그만하이소!"

장 씨가 박가네를 말렸고, 미스터 양이 부엌에 있는 식칼을 들고 박가네에게 달려드는 것을 이 씨와 장 씨가 양쪽에서 붙잡았다. 그 틈에 반다이가 칼을 뺏어 창밖으로 던져버렸다. 씩씩거리는 미스터 양이 사람들을 차례대로 노려보았다.

"누구냐고! 씨발."

미스터 양은 제자리에서 방방 뛰었다. 핏대를 올리고 침을

박성신

뚝뚝 흘렸다.

누군가 꼭 귀신 들린 것 같다고 말했다. 보다 못한 최 군이 가방을 하나씩 열어서 확인시켜 주는 건 어떠냐 중재를 했다.

어쩔 수 없이 다들 가방을 열어 보여주었지만 어디에도 미스터 양의 목걸이는 없었다.

작업 6일째

미스터 양의 목걸이는 다음 날 발견되었다. 낙원모텔 4층 401호실 안이었다. 목걸이는 줄이 끊어져 있었고 갈색 염주알이 바닥 여기저기에 흩어져 있었다. 누구 소행인지 알 수 없었다.

"귀신 짓일 거예요."

최 군이 중얼거렸다.

"아침부터 일진 사납게. 재수 없는 소리."

최 군의 뒤통수를 박가네가 세게 치며 걸어갔다.

"아이 씨, 저 꼰대 새끼 진짜."

박가네의 등을 최 군이 매섭게 노려봤다. 본 적 없는 섬뜩한 눈빛이었다.

"아니, 내 말이 틀렸어요? 어제 미스터 양도 그렇고 박가 아저씨도 그렇고. 완전 오바잖아, 개오바. 꼭 뭐에 씐 것처럼."

한수는 최 군의 말을 듣기만 했다.

"그 소문 들었죠? 이 낙원모텔에서 실종 사건이 있었대요. 왜 그 바퀴벌레 박멸하러 둘이 왔다가 한 명만 나갔고 한 명은 실종. 그게 뭔 소리겠어요? 한 명이 나머지 한 명을 죽이고 그 시체를 이 모텔 어딘가 숨겼다. 그래서 그 원한이 여기저기 떠돌고 있다, 어때요? 말 되죠."

"니는 괴담 유튜브 좀 그만 봐라."

최 군의 말에 장 씨가 농담처럼 대꾸했지만 어제 목걸이 사건 이후 인부들은 서로 날이 선 채 말없이 일만 했다.

"이제야 서열 정리 끝났나 봐? 누가 대빵인데?"

김 소장은 낄낄거리면서 약을 올리듯 물었지만 아무도 답이 없었다.

하루 종일 폐기물만 열심히 날랐다. 퇴근할 때까지도 입을 여는 사람은 없었다.

'약 때문일 거야.'

한수가 어제 오병도의 환영을 본 것은 약을 먹지 않은 탓이라 생각했다. 약을 먹으면 감각이 둔해지고 잠이 오기 때문이다.

'약을 거르지 않고 먹어야겠어.'

바지 주머니에 넣어둔 약을 꺼내려고 손을 넣은 한수에게 무언가 다른 게 만져졌다. 꺼내 보니 갈색 염주 두 알이었다.

박성신

'이건 미스터 양 목걸이잖아. 이게 왜 여기 있지?'

아무리 생각해도 목걸이를 손댄 기억이 없었다.

'어쩌다 들어온 걸까. 누군가 일부러 주머니 속에 넣어두었을까? 그렇다면 장 씨 짓일까?'

한수는 몸을 일으켜 옆에서 자고 있는 장 씨를 보았다.

장 씨의 벌어진 입에서 오늘도 고기 누린내와 알코올 냄새가 났다.

'아니야. 그럴 이유가 없는걸. 우연이야.'

한수는 염주 알 두 개를 변기 속에 넣고 물을 내렸다. 염주는 물속으로 흔적도 없이 사라졌다.

작업 10일째

아침부터 푹푹 찌고 하늘은 시커멓다.

'차라리 비가 쏟아지면 시원해질 텐데.'

휴대전화로 일기예보를 보니 하루 종일 흐릴 모양이었다. 다른 인부들도 출근했지만 서로가 말도 없이 데면데면한 느낌이었다. 미스터 양 사건 이후 인부들의 물건이 사소하게는 칫솔부터 심각하게는 지갑까지 사라지는 일이 생겼고, 인부들은 서로를 의심했다.

김 소장은 7시 20분이 되자 작업화에 목장갑 마스크까지 끼고 나타났다.

"일은 간단해. 지하로 내려가서 물건을 죄다 실어 나르면
돼."

김 소장이 인부들의 얼굴을 둘러보았다. 인부들의 표정에
는 억울함이 떠올랐지만 입 밖에 꺼내는 사람은 없었다.

"작가님, 뭐 할 말 있나?"

김 소장은 한수의 가슴팍을 쿡쿡 찔렀다.

'이 짜증 나는 인간에게 불행한 일이 닥친다면 어떨까.'

끔찍한 상상을 한 한수의 입술 사이에서 피식 웃음이 새어
나왔다.

"처웃어? 작가님 작가님 하니까 이 새끼, 진짜 지가 작가라
도 되는 줄 아네."

한수는 명치에서 뜨거운 게 치솟았다.

"노려보면 어쩔 건데, 니가 어쩔 거야? 와, 이 새끼 웃긴 새
끼네, 이거. 야! 인부들. 니들은 열 받지도 않아? 루저 새끼가
글 좀 썼다고 니들 은근히 무시하는 거야. 이런 거 못 하겠다,
나는 이런 일 할 사람이 아니다, 이거 아니야."

김 소장의 도발에 한수를 보는 인부들의 시선이 차가워
졌다.

"아닙니다. 일 시작하겠습니다."

"작가 군대 갔다 왔지?"

"네."

"복명복창해. 지하로 가서 물건을 실어 나르겠습니다."

"지하로 가서 물건을 실어 나르겠습니다."

복창을 따라 한 한수는 모멸감에 얼굴이 벌게졌다.

"장 씨? 여드름? 쌀국수? 뭘 봐? 다들 할 말 없지? 그럼 일 시작해!"

인부들이 대답을 하지 못하자 김 소장은 의기양양하게 지하실 문을 열었다.

악취가 쏟아져 나왔다. 지하실은 환기 시설도 작동되지 않고 창문 하나 없었다.

한수는 마스크를 두 개나 썼는데 냄새가 마스크를 뚫고 코와 입으로 들어왔다. 눈이 따가웠다. 지하실 앞에는 큰 모터가 자리 잡고 있었다. 수백 킬로가 나갈 것처럼 무거웠다. 철고리를 걸어 옮겨 겨우 밖으로 꺼냈다. 그러자 지하실 내부가 이전보다 잘 보였지만, 문이 몇 개 더 있고 오른쪽 왼쪽으로 나뉜 지하여서 한눈에 들어오지 않았다. 게다가 불이 들어오지 않아 입구에 대강 매달아 놓은 전구와 모자에 달린 랜턴으로는 어둠을 다 밝히지 못했다. 희뿌연 어둠 속에서 시멘트 덩어리가 부서져 있었고 그 안에서 알 수 없는 기이한 모양의 버섯이 자라는 게 눈에 들어왔다. 축축하고 흰 포자를 주렁주렁 매단 버섯이었다.

눈이 점점 더 따가워져 왔다. 1조는 왼편, 2조는 오른편, 3조는 안쪽. 인부들은 넓은 지하의 구역을 나눠 치우기 시작했다. 가져온 마대에 썩은 폐기물을 담아 옮겼다. 문 안쪽으로 들어가니 오른쪽 끝에 거대한 철 온수 탱크와 관류형 보일러가 보였다. 온갖 굵고 얇은 선들이 얽혀 있었다. 탱크는 사람 몸통의 열 배는 컸다. 이제 사용하지 않지만 여름이라 후끈거리는 열감이 느껴졌다.

"보일러가 있는디요잉?"

이 씨가 물었다.

"다 철거해야 해. 기름보일러를 가스보일러로 전환한다니까. 연통이고 뭐고 여깄는 건 싹 다 비워야 한다고!"

김 소장이 이 씨의 물음에 고함을 질렀다.

안쪽 구역을 담당하는 인부 둘이 전선 수십 가닥을 그라인더로 자르기 시작했다. 방진 마스크를 꼈지만 코가 따끔거렸다. 왼쪽 구역을 담당하는 인부 둘은 30분 넘게 보온케이싱을 벗기는 작업을 했다.

"이건 보일러 전문가가 와야 하는 거 아니냐."

"이런 일까지 우리가 다 하는 법이 어딨냐고."

인부들이 불만을 토로했다.

거기다가 배관들이 얽혀 오가기에 비좁았다. 철 부속들이 녹이 슬어 물이 새고 있었다.

그때 벽 속 어디에선가 분주히 돌아다니는 발소리가 났다.

'쥐인가?'

한수가 갸웃거렸다.

인부들은 더위와 어둠과 악취와 싸우면서 부지런히 움직였다.

15분 후.

한수는 끊임없이 불평을 쏟아내는 장 씨 때문에 머리가 아팠다. 장 씨의 입에 젖은 걸레라도 물리고 싶었다. 게다가 바퀴벌레는 또 어떤가.

잘라낸 전선 속에서 바퀴벌레 수백 마리가 쏟아졌다. 인부들은 어깨며 머릿속에 붙은 바퀴벌레를 떼어냈고 작업화로 사정없이 밟아 짓뭉갰다. 이쪽 일에 도가 튼 사람들은 바퀴벌레 떼를 한두 번 본 게 아니었지만 그래도 이건 심했다고 투덜거렸다. 그 와중에 베트남인인 반다이는 바퀴벌레를 민들레 홀씨 떼어내듯 떼어내 버렸다. 몇몇 인부가 그 모습을 보고 욕을 했다.

"야, 쌀국수. 바퀴벌레 죽여라, 그냥!"

반다이는 알아듣는지 모르는지 그저 "네. 네" 대답만 했다.

한수의 신발은 축축한 바닥 때문에 젖기 시작했다.

장 씨는 허리를 굽히고 마대에 폐기물을 담았다.

장 씨의 티셔츠는 푹 젖었다. 거무스름한 젖꼭지가 티셔츠 아래로 비쳤다.

"힘들어 죽겠다."

장 씨는 불만을 토해낸 만큼 일을 하지 않았는데 숨을 헐떡거렸다.

"한수, 니 그거 아냐. 김 소장 말이다. 누구 말로는 조폭 출신이라는 말도 있꼬, 누구는 전과자라는 소문도 들었다 카드라."

한수는 김 소장의 이죽거리는 얼굴과 상스러운 말투, 거들먹거리는 몸동작, 윗사람들에게는 살살거리며 몸을 낮추는 모습을 떠올렸다. 그의 예상대로 그는 사회악이다. 바퀴벌레다. 김 소장이야말로 세상에 없어져야 할 바퀴벌레 같은 인간이다.

"니한테만 그러는 거 아이다. 그 새끼 틈만 나면 나 불러서 빨래 시키는 거 알재? 얼마 전에 반다이 얼굴에는 소주까지 들이붓고 깔깔 웃었다 아이가. 그리고 다른 사람들 몰래 불러서 일하는 자세가 어쩌구저쩌구 서로 감시하게 만들고. 드러워서 그만두든지 해야지."

"그만두든지요, 그럼."

"근데 내는 돈이 필요하긴 하다."

장 씨의 눈꼬리가 아래로 처졌다.

"아따. 저 바퀴벌레 좀 봐라. 저놈들 와저라노."

장 씨가 낮은 음성으로 내뱉었다.

지하에 있는 바퀴벌레들은 도망을 가지 않았다. 이곳이 오랜 보금자리인 것처럼 굴었다. 큰 놈 하나는 빠르게 기어와 상체를 일으키면서 장 씨의 발등에 타올라 바짓단으로 들어갔다.

박성신

"우아, 씨. 저리 가! 저리 안 가나!"

장 씨는 놀라 소리를 지르면서 발을 구르고 주먹으로 다리를 내리쳤다. 겨우 바퀴벌레를 털어낸 장 씨는 마스크를 빼고 구역질을 했다.

"우엑!"

시큼한 토사물 냄새가 순식간에 지하 공간에 퍼졌다.

"물린 거 같다."

장 씨가 다리가 따끔하다고 하면서 바지를 올리니 장딴지에 피가 주룩 나 있었다.

그다음 어딘가에서 쥐 한 마리가 나타나 쪼르르 그의 앞을 지나갔다. 자세히 보니 쥐가 아니라 몸집이 손바닥만큼 큰 바퀴벌레였다. 다리의 털이 더욱 수북하게 발달되어 바닥을 딛고 쥐처럼 걸었다. 긴 한 쌍의 촉수와 갈색 등껍질은 어둠 속에서도 빛이 났으며 갑옷처럼 딱딱해 보였다. 무시무시하게 새까만 눈이 반짝였다. 날카로운 가시줄이 있는 세 쌍의 다리가 더욱 도드라졌다. 배 쪽 발목 마디판은 강철처럼 단단했다. 바퀴벌레가 지나간 자리에는 점액질이 묻어 있었다.

"저 바퀴벌레 좀 봐라! 저런 놈이 달려들어 물어뿌믄 살점이 떨어져 안 나가겠나."

장 씨가 역겹다는 듯이 고개를 흔들었다.

"조용히 좀 해요."

"이게 사람이 할 일이가? 이건 세스코든 뭐든 먼저 불러야 하는 거 아이가?"

"그냥 빨리 옮기죠."

한수의 채근에 장 씨는 입을 다물었다.

점심시간이 되자 모두 밖으로 나왔다. 한 발짝 걷기만 해
도 먼지가 후드득 떨어지고 장갑은 시커멓게 물들어 있었다.
인부들에게서 토사물과 곰팡내가 뒤섞인 악취가 풍겼다. 모
두가 한숨을 토해냈다.

"바퀴벌레가 너무 많습니더."

참다 못한 장 씨가 김 소장에게 물린 자국을 보여주며 말
했다. 환한 곳에서 보니 장딴지 살점이 좁쌀만큼 떨어져 나가
달랑달랑했다.

"벌레 따위 여자들이나 무서워하는 거지. 이 새끼 사내 맞
어? 벗겨 볼까."

김 소장은 낄낄거리면서 웃었고 나머지 인부들은 눈치를
보며 따라 웃었다.

그 후 김 소장이 배달 음식을 시켰다고 했을 때도 모두 항
변하지 못했다. 마음 같아서는 시원한 식당에서 제대로 앉아
밥을 먹고 싶었다. 하지만 먼지를 뒤집어쓴 서로의 몰골을 본
후 말없이 고개만 끄덕였다. 중국집에서는 낙원모텔이라고
하자 웬일인지 이곳까지는 배달이 안 된다고 했다. 모텔촌 입
구에서 장 씨가 음식을 받아왔다. 이상한 일이었다.

박성신

인부들은 1층 입구에서 대충 신문지를 깔아두고 짜장면을 입으로 가져갔다. 그나마 해가 쩽쩽하지 않고 흐려서 다행이라고 할까. 하지만 오히려 푹푹 찌는 느낌이 꼭 만두 찜통에 들어온 기분이었다. 한수가 고개를 돌려보자 김 소장은 하나뿐인 볶음밥을 챙겨 컨테이너 사무실에 들어가 문을 닫았다.

"아, 저 재수 없는 새끼."

최 군이 울분에 찬 듯 말했다. 최 군은 시간이 날 때마다 현장을 촬영해 자기 유튜버 계정에 업로드하는데 한번은 김 소장에게 걸려서 야단을 맞았다.

"맞다. 저런 새끼는 내 첨 봤다."

장 씨는 퉁퉁 부은 눈을 하고는 불어 터진 짜장면을 입속으로 가득 밀어 넣었다. 그런데 인부 한 명이 보이질 않았다.

"박가네는 병원에 갔소."

박가와 한 조였던 이 씨가 말했다.

"그 꼰대 아저씨 그렇게 센 척하더니, 왜요? 어디 아프대요?"

최 군이 짜장면을 입에 넣으며 물었다.

"박가네가 여간해서 아프다고 병원 갈 사람은 아니지. 안 해본 일 없이 다 해본 사람인디. 바퀴벌레가 귀로 들어갔당께."

"귀로요? 정말이에요? 그걸 진짜 보셨어요?"

최 군의 물음에 이 씨가 고개를 끄덕였다.

모두가 인상을 찌푸리면서 이 씨의 움직이는 입술을 주시했다. 입술 주변에 기름기 가득한 짜장면이 묻어 있었다.

"그런 건 첨 봤지. 옆벽을 타고 와서 박가네 몸통까지 올라와 귓속으로 들어가 버렸당께. 꼭 청소기에 빨려 들어가는 먼지 뭉치처럼."

"세상에."

인부 중 누군가가 낮은 신음을 토했다.

"박가네가 펄쩍펄쩍 뛰면서 '귀! 귀! 으악! 귀!' 비명 안 질러대냐. 나가 후레시로 귓속을 비춰보니까 바퀴벌레 더듬이가 삐죽 보이더라고. 시방 놀라서 손바닥으로 이 씨 귓방망이를 내려쳤재. 그런데도 안 나왔당께. 씨발. 김 소장한테 이야기하니까 글쎄 살충제를 귀에 뿌리더라니까. 썩을 놈의 새끼. 카약. 퉤."

인부들 입에서 욕이 하나둘 튀어나왔다.

"지하 바퀴벌레는 보통 놈들이 아이다. 꼭 대가리에 생각 있는 놈들 안 같드나."

장 씨가 짜장면을 튀기며 입을 열었다.

"근데 저 많은 바퀴벌레들은 대체 뭘 먹고 살아 있는 거예요? 여기 모텔, 손님 받은 지 오래됐잖아요."

최 군이 단무지를 씹으며 물었다.

"바퀴벌레는 3억 5천 년 동안 서식해 왔어요. 음식물, 사체, 종이, 가죽, 비누, 치약, 본드, 손톱, 못 먹는 게 없죠. 최고

83   박성신

시속 150킬로 달려요. 그래서 사람이 바퀴벌레를 잡기 어려운 거예요. 몇 천 배 높이에서 떨어져도 끄떡없고 길도 기억해요. 번식력은 또 어떻구요. 한 번에 30~40개를 낳는데 암컷이 죽어도 알집만 떨어져 나와서 수천 마리로 불어나는 건 순식간이에요."

미스터 양이 바퀴벌레 지식을 쏟아내자 인부들은 짜장면을 씹다가 인상을 찡그렸다.

"저 아래, 어둠 속은 우리가 모르는 세계겠죠. 바퀴벌레는 백악기 때부터 여기서 살고 있던 거예요. 우리가 서로의 심장에 칼을 겨누고 물건을 빼앗는 동안, 저들은 땅속에서 우주만큼 오래 살아왔겠죠."

"시방 그게 뭔 소리냐."

"Maybe they are the owners of this place! 어쩌면 저들이 이곳 주인일지도 모른다는 겁니다."

미스터 양이 다시 찾은 목걸이 펜던트를 쓰다듬고 기도를 했다.

"개똥 같은 소리 처씨부리고 있네."

미스터 양의 말에 이 씨가 양파를 춘장에 찍으며 툴툴거렸다. 둘 사이 잠시 스파크가 튀었다.

"뭐 해들! 점심시간 끝났어!"

김 소장이 컨테이너에서 나오며 소리를 질렀다.

인부들은 남은 짜장면을 입속으로 가득 욱여넣고 자리에

서 일어났다. 하나같이 귓구멍에 손가락을 넣어 쑤셔댔다.

"저기요, 한수 형님. 그 시계 어디서 난 거예요? 첫날 못 본 거 같은데?"

최 군이 한수가 찬 손목시계를 뚫어져라 쳐다봤다.

"첨부터 차고 있었어. 샤워하느라 빼놓고 깜빡한 거지."

한수는 서둘러 자리를 떴다.

그날 오후 5시에 일이 끝났다. 아직 지하에는 철거할 물건이 반 이상 남아 있었지만 더 이상은 무리였다. 인부들은 모두 진이 빠진 상태로 숙소로 돌아왔다.

장 씨는 벌게진 얼굴로 아무 말이 없었다.

너나 할 것 없이 숙소로 돌아와 찬물로 오랫동안 샤워를 했다.

한수는 박가네의 귓속으로 들어갔다던 바퀴벌레가 머릿속을 떠나지 않았다.

"박가네는 결국 집으로 갔단다. 병원에서 귓구멍에 빛을 비추는 바람에 바퀴벌레가 더 안으로 들어갔다 카드라. 고막이 터졌대."

장 씨가 혀가 꼬부라지는 말투로 말했다. 술 냄새가 풍겼다.

"근데 불쌍한 게 뭔 줄 아나? 산재보험이 되는지 묻는 기다. 김 소장은 어림없다고 하대. 박가네 잘못이라고. 내는 이제 무섭다. 내 종아리 문 것 봐라. 세상에 사람을 보고 달려드

박성신

는 바퀴벌레가 어디 있노."

장 씨의 이야기는 혼잣말로 바뀌었다.

한수는 장 씨와 멀찌감치 떨어져 누웠다. 장 씨의 코 고는 소리가 서서히 잦아들었다. 한수도 겨우 잠이 들었지만 푹 잘 수는 없었다. 알 수 없는 불안감에 잠자리에서 일어나 거실을 서성였다.

방문이 열려 있었다. 한수는 첫 번째 방을 들여다보았다.

얇은 이불 아래로 발이 네 개 삐죽 나온 게 보였다. 미스터 양과 반다이다.

두 번째 방은 발이 네 개. 이 씨와 최 군일 것이다.

세 번째 방은 발이 세 개. 장 씨와 발 하나는 누구지?

한수는 서서히 이불을 들췄다.

눈이 뻥 뚫린 사내.

다리가 썩어 한쪽밖에 없는, 오렌지색이 들어간 모자에 남색 작업복을 입은 사내가 누워 있었다. 사내가 몸을 일으켜 한수에게 한 발 한 발 다가왔다. 그는 낙원모텔에서 실종된 오병도였다. 그의 눈과 입에서는 바퀴벌레가 쏟아져 나왔다.

으악!

한수는 비명을 지르며 눈을 떴다. 온몸은 식은땀으로 젖어 있었다. 심장이 쿵쿵 뛰었다. 꿈이었다.

작업 11일째

지하에 있는 물건을 치우고 옮기는 일이 반복되었다. 박가의 귀에 바퀴벌레가 들어간 이후로는 인부들이 김 소장에게 항의를 했다. 김 소장은 한수를 시켜 슈퍼마켓에서 귀마개를 사 오게 했다. 인부들은 귀마개를 하나씩 꼈다. 두꺼운 장갑과 방진 마스크에 작업화, 거기다가 귀마개까지. 안 그래도 덥고 습한 날씨에 땀이 눈물처럼 떨어졌다.

7월의 첫 시작 날이었다.

남은 인부들 사이에서는 냉랭한 바람이 불었다. 계약한 작업일은 4일밖에 남지 않았는데 일의 진도가 늦어지니 김 소장은 조바심이 나는 모양이었다.

이제 안쪽에 있는 집기들을 치우는 중이었다. 썩은 수건과 서류 다발, 부서진 의자와 테이블 등. 바퀴벌레가 어둡고 복잡한 그 틈새를 오르락내리락거렸다.

한수와 장 씨는 마대에 집기를 담아 밖으로 옮기고 다시 지하로 들어가는데, 최 군이 코를 쥐어 잡고 비틀거리면서 나왔다.

"코, 코!"

옆에선 이 씨가 최 군의 코를 주먹으로 내리쳤다. 코안에서 바퀴벌레 한 마리가 긴 더듬이를 휘둘러대며 붉은 피와 섞여 나왔다.

박성신

"으악, 씨발!"

최 군의 코에서 피가 흘렀다.

끈적한 피와 뒤범벅되어 바닥에 떨어진 바퀴벌레를 이 씨가 발로 밟았다. 바퀴벌레는 몸통이 둘로 쪼개졌는데도 빠르고 정확하게 움직였다. 마치 2인 1조 같았다.

최 군은 소매로 코피를 닦았다.

"괜찮냐. 여드름! 그래 봤자 바퀴벌레야."

김 소장은 최 군의 어깨를 툭툭 쳤다.

"미쳤어요? 그래 봤자라뇨! 귀로 들어가고 코로 들어가는 바퀴벌레예요."

인부들 모두가 두려운 눈을 한 채 움직이지 않았다.

"작가님도 겁먹었나?"

"바퀴벌레부터 어떻게 해야 일을 하죠."

한수가 대답했다.

"야! 쌀국수! 머저리 장 씨. 둘은 전구를 더 달아. 작가님은 호스 가져오고!"

김 소장이 소리를 질렀지만 그의 얼굴에도 어쩐지 긴장감이 맴돌았다.

"저 그만하겠습니다."

최 군은 중풍 걸린 노인네처럼 비틀거리면서 일어섰다.

"이 정도 가지고 그만둬서 유튜브 구독자 나오겠어?"

"구독자가 문제가 아닙니다. 이러다 제가 죽을 거 같습니다. 용역 잡부 일로 지원한 거지, 바퀴벌레한테 공격당해 죽고 싶진 않습니다."

"좋아. 대신 이때까지 일한 것은 못 줘. 그만둘 사람은 지금 다 그만둬! 대신 그 일당은 남은 사람에게 똑같이 나눠준다. 난 공평한 사람이니까."

"노동부에 신고할 겁니다!"

"신고를 하든 지랄을 하든 맘대로 해. 대신 넌 다음번에 나 만나면 죽는 거야."

김 소장의 말이 끝나자 최 군이 욕을 하면서 밖으로 뛰쳐나갔다. 이 씨는 장갑을 벗어 던지고 최 군을 말리러 따라 나갔다.

한수와 장 씨를 비롯하여 반다이와 미스터 양은 꼼짝도 하지 않고 그 자리에 서 있었다.

"겁쟁이들은 다 내뺐구만. 좋아, 일하자고."

호스를 든 김 소장은 신식무기라도 얻은 군인처럼 의기양양해졌다. 호스에서는 물이 뿜어져 나왔다. 물살이 셌다. 전구도 몇 개 더 달아서 지하는 전보다는 환해졌다.

호스를 기관총처럼 난사하자 물살을 이기지 못한 바퀴벌레들이 줄줄이 떠내려갔다. 벽 틈새에서 주먹만 한 바퀴벌레가 몸통을 세우고 달려왔지만 물살에 날아가 벽에 부딪쳐 버렸다. 여기저기서 연달아 바퀴벌레가 튀어나왔다. 몇몇은 퍼덕거리는 소리를 내며 날았다. 어떤 바퀴벌레들은 꽁무니에

박성신

알집을 달고 다녔다. 새끼에게 체액을 빨게 해주는 바퀴벌레도 있었고, 하얀 새끼 바퀴벌레도 보였다. 긴 털이 난 다리에 윤기 있는 껍질을 하고 통통한 알을 품은 바퀴벌레 떼였다. 수백 마리가 물살을 맞고 튕겨져 나갔다. 인부들은 쓸려 내려가는 바퀴벌레 무리를 보며 역겨움에 신음을 내뱉었다.

"암만 허도 머릿속에 바퀴벌레가 들어간 거 같어. 잘 때 코가 간질거렸는데 그 이후로 기분이 이상허다. 그 새끼 짓이 분명허당께. 미스터 양, 똘아이 새끼."

그날 밤, 숙소로 돌아온 이 씨는 밤새 머리가 아프다 하더니 열이 올랐다가 내렸다.

미스터 양은 반다이와 저녁을 먹으러 나가고 없었다.

장 씨가 이 씨의 머리 위에 찬 수건을 얹어주고 나왔다.

"한수야. 말이 되나?"

장 씨가 물었다.

"뭐가요?"

"바퀴벌레가 이 씨 머릿속으로 드갔다는 거 말이다."

"기분 탓일 거예요."

"둘이 앙숙 아이가. 미스터 양이 바퀴벌레를 잡아서 잠든 이 씨 코에 집어넣었다고 해도 이상한 건 아이다."

"그래도 사람 뇌에 들어간다는 게 말이 돼요?"

"바퀴벌레는 온몸으로 공간을 감지하고 싶어 하는 성향이 있다 카드라. 미스터 양이 그러더라꼬. 말하는 게 바퀴벌레 전문가 안 같드나. 인도에서도 어떤 여자 뇌 속에 바퀴벌레가 들어간 적이 있다 카드라. 아마 이 씨 머리로 들어간 바퀴벌레, 지금쯤 뇌에서 몸이 꽉 끼워져서 좋아하고 있을 끼라고 그 카더라."

그때 장 씨의 휴대전화가 울렸다. 그는 통화 버튼을 누르고 고함을 질렀다.

"갚는다고! 갚는다 안 캅니꺼. 3일만 기다려 주이소."

전화를 끊은 장 씨는 훌쩍거렸다.

"일수쟁인데, 이것 못 갚으면 우리 아들 죽을지로 모른다. 이 일 그만두고 싶어도 그만 못 둬."

그날 밤도 한수는 잠이 오질 않았다. 이곳에 와서 하루도 제대로 잠을 잔 적이 없었다. 속이 연신 울렁거리고 갈증이 일었다. 물을 두 잔 연거푸 마셨다. 다시 누워 눈을 감는데 진동음과 함께 메시지가 도착했다. 나가서 돌아오지 않은 최 군이었다. 메시지에는 사진 몇 장이 첨부되어 왔다. 하나씩 들여다보니 낙원모텔의 구석구석 사진과 손목시계 사진이었다. 한수가 차고 있는 세이코 시계와 같은 시계였다.

'최 군은 이걸 나한테 왜 보냈지?'

밤 12시가 넘은 시각이었다. 한수가 이게 무슨 뜻이냐며 답을 했지만 최 군으로부터 답장은 오지 않았다. 한수는 12시 넘어서 절대로 나가지 말라는 경고를 무시한 채, 밖으로 나와 모텔로 향했다. 밤의 낙원모텔은 으스스한 기분이 들었다.

"최 군, 최 군!"

아무 대답이 없었다. 한수는 모텔 안으로 들어섰다.

"최 군?"

한수가 인기척에 뒤돌아보자 어둠 속에서 튀어나온 최 군이 서 있다. 팔다리는 축 늘어진 채 코에는 피를 흘리고 있었다.

"너 인마, 여기서 뭐 해?"

"그놈이 나를 가두고 죽였어."

"누가?"

"내 몸은 수백 갈래로 갈라졌지."

최 군의 목소리가 한수의 귓가에 웅웅거렸다.

"최 군, 무슨 말이야?"

"되갚아 줘야 해."

최 군은 다시 어둠 속으로 내달렸다. 지그재그로 빠르게 내달리는 모습이 바퀴벌레처럼 보였다. 한수가 그를 따라 지하까지 내려갔을 때, 문득 정신이 들었다. 왜 여기 있는 것일까. 그리고 최 군은 이 지하실 안으로 들어간 것 같았는데 어디에도 없었다. 대신 구석 바닥에 웬 고리가 눈에 들어왔다. 자물쇠까지 달린 고리였다.

'이게 언제부터 이곳에 있었지?'

휴대전화를 열어 메시지를 다시 확인해 보니 최 군이 보낸 메시지 같은 것은 처음부터 없었다.

그 이후 한수는 하숙집으로 어떻게 돌아왔는지 기억이 없다.

한수는 약을 한 움큼 입안에 넣고 씹었다. 이불 위에 눕자 몸이 바닥으로 가라앉는다.

'낙원모텔에서 사라진 사람, 오병도는 어디로 갔을까.'

'바퀴벌레들은 대체 언제부터 몸집이 커졌을까.'

생각이 꼬리에 꼬리를 물고 이어졌다. 그러다 의식이 스르륵 사라졌다.

얼마나 지났을까.

목이 졸리는 느낌에 눈을 떴다. 이 씨가 한수의 몸 위에 앉아 있었다. 두 눈을 부릅뜨고서.

"사, 살려줘."

그 소리는 한수의 목구멍이 아닌 이 씨에게서 나왔다. 얼굴이 시뻘겋고 눈이 충혈되어 있었다. 솥뚜껑만 한 손이 한수의 목을 졸랐다. 펄펄 끓는 손이었다. 그대로 이 씨의 가슴팍을 밀치자 뒤로 쿵, 쓰러졌다. 이 씨가 바닥을 구르며 사지를 떨었다. 귀와 코 그리고 입에서 바퀴벌레가 한 마리씩 나왔다. 이 씨의 입술 사이에서 게거품이 흘러나왔다.

"정신 차려요! 아저씨! 이 씨 아저씨!"

한수의 외침에 옆에서 세상모르고 자던 장 씨도 눈을 떴다.

"형님요. 정신 차리소."

박성신

장 씨가 이 씨의 팔다리를 주물렀다. 이 씨의 시선이 창밖으로 향했다.

"보이재? 저기."

이 씨는 힘없이 중얼거렸다.

"저기… 밖에 남자가 있잖냐."

그대로 피를 토했다. 이 씨가 바라보던 창밖에는 아무도 없었다. 어둠 속 붉은 담뱃불만 보였을 뿐.

결국 이 씨는 구급대원에게 옮겨져 구급차를 탔다.

미스터 양은 말없이 벼락 맞은 대추나무 펜던트를 만지고 있었다.

한수는 생각했다. 바퀴벌레가 사람들을 죽이고 있다.

'죽여! 그자를 죽여! 없어져야 할 건 우리가 아니야.'

머릿속에 누군가 속닥거렸다. 한수는 죽어야 할 한 사람의 얼굴이 떠올랐다.

작업 13일째

이번엔 장 씨가 머리가 아프다며 일을 멈추고 담배를 피웠다. 폐기물 더미는 아직도 잔뜩 쌓여 있었다.

"오늘은 바퀴벌레가 안 보이네요?"

한바탕 난리를 친 후로 바퀴벌레는 그다음 날, 그리고 오늘까지 보이지 않았다.

"어제 죄다 도망친 거 아니겠나."

그는 축축하고 낡은 벽을 훑어보았다. 둘은 바닥 통로 끝에 서 있었다.

장 씨가 가래침을 뱉었다.

"김 소장, 참말로 못돼 처묵었다. 최 군하고 이 씨한테 일한 돈도 안 줬다 카네. 아무리 나중에 돈 받기로 각서를 썼다 캐도. 신고할 방법 없나. 한수, 너는 배웠으니까 잘 알 거 아이가."

한수가 손톱을 물어뜯었다.

갑자기 뭔가 파닥거리면서 튀어나와 그대로 두 사람 앞으로 돌진했다.

장 씨는 얼굴에 붙은 검은 물체를 떼어내려 비명을 지르며 발을 굴렀다. 한수는 주먹으로 내리쳤다. 정통으로 맞은 무언가가 바닥으로 떨어졌다. 박쥐였다.

"으악! 박쥐야!"

장 씨가 미친 듯이 소리를 질렀다.

"쉿! 어떻게 들어왔을까요?"

장 씨의 비명에 미스터 양이 다가왔다.

"그게 지금 중요한 게 아이다! 박쥐가 와 여 있냐고. 미스터 양! 박쥐야, 박쥐! 박쥐는 원래 오지에나 있는 거 아이가?"

"무슨 일이야?"

박성신

김 소장이 멀리서 소리를 질렀다.

"아무것도 아닙니다."

"작가님? 놀지 말고 제대로 일해. 나는 뒤통수에도 눈이 달렸다고. 니들 같은 인간들이 대가리를 굴려봤자 굴러가는 소리까지 다 들린다고."

김 소장의 막말은 날이 갈수록 심해졌다. 어서 저 바퀴벌레를 처단해야 한다.

장 씨는 김 소장이 멀어지자 한수에게 낮은 목소리로 물었다.

"와 그라노?"

한수는 박쥐가 튀어나온 바닥 쪽으로 다가섰다. 더듬더듬 손으로 만졌다. 미세하게 갈라진 바닥 틈새로 위잉, 바람 소리가 들려왔다. 마스크를 뚫고 희미한 악취도 함께 풍겨왔다. 한수는 계속 바닥을 살폈다.

"여기 밑에 뭔가 있는 거 같아요. 또 다른 공간이요."

"있긴 뭐가 있다 그카노."

장 씨의 얼굴이 새하얗게 질렸다.

"어쩌면 여기서 바퀴벌레가 나오는 거 같아요."

"아서라. 모른 척해라. 우린 이틀만 있으면 일 끝난다. 알았재?"

"김 소장님! 이리로 와보세요."

점심시간이 끝난 후 한수는 김 소장을 불렀다. 김 소장은 또 혼자 시원한 컨테이너 안에서 뭔가를 먹고 있었다. 크림빵이었다. 김 소장의 시선은 휴대전화 화면에 고정되어 있다.

"왜, 또?"

김 소장이 귀찮다는 듯 얼굴을 구겼다.

"소장님. 제가 중요한 걸 발견했어요."

김 소장은 먹던 크림빵을 내려놓고 한수를 따라 지하실로 들어섰다.

"이 아래 뭔가 있어요."

한수는 지지난밤 발견한 바닥에 붙은 고리를 가리켰다. 전등불 아래서 보니 고리는 자물쇠까지 걸린 채 사각형 쇠판에 박혀 있었다.

"뭐야. 그래서 뭐 어쩌라고?"

"지하 밑에 바퀴벌레 근원지가 있을 겁니다. 봐요, 여기 고리. 이 아래로 내려가는 길이 분명히 있을 겁니다."

"신경 쓰지 마. 우리 일은 철거지, 바퀴벌레 퇴치가 아니야."

"여기 의뢰인도 그렇게 생각할까요?"

"뭐?"

김 소장은 벌레를 보듯 한수를 보았다.

"돈을 얼마를 받기로 했죠? 바퀴벌레 박멸까지?"

"무슨 소리야? 이 새끼?"

김 소장은 미스터 양과 장 씨, 반다이에게 대신 대답을 하라는 듯 쳐다보았지만 아무도 대답하지 않았다.

"얼마 전에 옥상에서 통화하는 거 다 들었어요. 의뢰인한테 여기 바퀴벌레가 어마어마하게 많고 그것까지 처리하는 대신 돈을 더 달라고 했잖아요."

"이 미친 새끼가 뭐라고 씨부려."

"제가 믿음철거 사장님한테 연락해서 김 소장이 따로 돈 받았다고 해볼까요? 아니면 의뢰인 연락처 알아내서 이 이야기 다 할까요? 바퀴벌레 근거지를 알아냈는데 모른 척한다고. 아마 돈을 다 토해 내야 할걸요? 이미 토토로 다 날린 건 아니죠, 김 소장님?"

"안 닥쳐! 그래서 원하는 게 뭔데?"

김 소장의 얼굴은 달궈진 숯불처럼 벌게졌다.

"확인만 해보자는 거죠. 저 아래 뭐가 있는지."

"그렇게 궁금하면 머저리 장 씨랑 너랑 니네 둘이 내려가 봐. 내려가는 인부들은 내가 보너스를 챙겨줄게."

보너스라는 말에 장 씨가 슬그머니 용기를 냈다.

"아무래도 둘보다는 셋이 안 났겠습니꺼?"

"맞아요. 저랑 장 씨 둘만으로는 부족해요. 소장님도 가셔야죠."

"내가?"

"소장님이 여기 책임자시잖아요. 왜요? 설마 바퀴벌레가 겁나세요? 벌레 따위 여자들이나 무서워하는 거라고 소장님이 그랬잖습니까."

"거, 겁은 무슨. 누가 겁을 낸다 그래?"

"그럼 같이 가시죠?"

반다이가 김 소장의 잔뜩 구겨진 표정을 보며 키득거렸다.

"그래. 가보자! 뭐 해, 전동 톱 가져와. 자물쇠 따."

그런 반다이의 비웃음을 의식한 듯한 김 소장이 큰소리를 쳤다. 장 씨가 전동 톱으로 자물쇠를 잘랐다.

"이제 고리 들어 올려!"

한수가 있는 힘껏 고리를 당겼다. 고리에 붙은 사각형 쇠판이 덜컥 소리를 내며 위로 들렸다. 멀리서 수천 개의 다리가 바닥을 긁는 소리가 들렸다.

"이게 무슨 냄새고?"

아래쪽에서 차가운 바람이 불었다. 장 씨가 코를 부여잡고 인상을 썼다.

"확인해 보면 알겠죠."

한수가 대답했다.

"별일 다 보겠네. 모텔 지하에 이런 게 다 뭐야."

김 소장이 신중하게 아래를 살폈다.

"예전에 만들었던 방공호? 아니면 일제강점기에 만들어진 터널이라도 이어져 있지 않을까요?"

한수는 손전등으로 아래를 비췄다. 손전등 빛이 닿는 곳에

박성신

는 갈색에 거무스름한 돌이 계단처럼 바닥까지 이어져 있었다. 구멍이 뻥뻥 뚫린 것으로 보아 석회질처럼 보이기도 했다.

"내려앉는 거 아냐?"

김 소장의 말에 미스터 양이 발을 뻗어 돌을 밟았다. 미끄럽긴 했지만 단단해 보였다.

"무너질 일은 없겠습니다."

"미스터 양. 이 새끼는 시키는 일은 제대로 안 하더니. 이런 일엔 동작 빠르네."

김 소장이 말했다.

"가시죠."

한수가 말했다.

"미스터 양, 반다이. 니들은 이때다 하고 놀지 말고, 지하실에 남은 물건 밖으로 옮기고 있어! 금방 올 테니까."

미스터 양과 반다이가 고개를 끄덕였다.

길을 잃을 것을 대비하여 각자 허리에 밧줄을 묶어 고리에 연결했다. 세 명이 손전등을 들고 차례대로 걸으니 스텝이 꼬여 걷기가 불편했다.

한수와 장 씨, 김 소장은 한 걸음 한 걸음 차례대로 내려갔다.

골과 구멍이 수백 개는 되어 보이는 바닥이었다. 계단이 끝나는 곳 여기저기에 물이 흘러들어 와 발목까지 잠겼다.

안으로 가면 갈수록 악취가 심해졌다. 코로 숨을 들이마시기가 힘겨웠다.

지하는 길었고 어디론가 통해 있는 것처럼 바람이 불었다. 그러나 끝이 보이지 않았다.

김 소장이 뒤로 몸을 틀며 말했다.

"바퀴벌레 안 보이잖아. 그만 돌아가지."

"가긴 어딜 가요? 끝장을 봐야죠."

"미친놈."

"소장님 말이 맞다. 한수야, 그만 돌아가자. 여기 아무래도 이상하다."

장 씨가 신음처럼 한수의 이름을 불렀다.

"여기가 모텔이 끝나는 곳 같네요."

손전등이 벽을 비추니 콘크리트 기둥이 보였다. 그 기둥 작은 구멍 틈에 바퀴벌레가 빽빽이 붙어 있었다. 마치 숨어서 이들을 기다리고 있는 것처럼 보였다.

"온통 바퀴벌레잖아."

"그러네요. 제 말 맞죠? 좀 더 가시죠."

그때 장 씨가 허리에 연결된 밧줄을 자르고 뒤돌아 입구 쪽으로 도망쳤다. 비명과 함께 탁탁탁 발소리가 울렸고 바퀴 벌레 몇 마리가 그의 발아래서 뭉개졌다.

김 소장이 사라지는 장 씨를 바라보았다.

"장 씨, 저 머저리 때문에 밧줄 끊어졌어. 여기서 더 가면 못 돌아가. 길 잃어버릴 수도 있고. 이제 할 만큼 했으니 돌아

박성신

가자."

"앞으로 걸어가요. 반대편으로 나가는 길이 있겠죠."

김 소장은 번뜩이는 한수의 눈빛을 보았다.

바퀴벌레들은 갈라져 길을 비키듯 하더니 그들의 뒤를 따라왔다.

김 소장은 어쩔 수 없이 앞으로 나아갔다. 모텔이 끝나는 지점에는 동굴이 있었다.

위로는 낮아졌다 높아지는 천장이고, 아래로는 물이 발목에서 종아리까지 차올랐다. 물기가 없는 바닥 한쪽에 해골이 보였다.

"잠깐만요."

한수가 손전등을 비춰 해골을 살폈다. 그 위로 헤진 작업복이 보였다. 오렌지색이 들어간 남색 작업복이었다.

"뭐야, 저거. 사람 뼈잖아."

김 소장의 말에 한수가 다가가 조심스레 작업복 주머니를 뒤졌다. 지갑이 보였는데 그 안에는 젊은 남자의 사진이 붙어 있는 신분증과 '해충 박멸 원킬케어'라는 로고가 새겨진 상자도 보였다. 한수가 환영에서 보았던 남자이자 기사 속 오병도였다.

"그 사람이네요."

"누구?"

"이 모텔에 해충 없애러 왔다가 실종된 남자요. 오병도."

"실종?"

"아까 쇠문도 밖에서 잠근 걸 보면 누군가 이 사람을 여기 가두고 죽게 내버려뒀겠죠. 어쩌면 공동 개발자가 여기 가두고 혼자 투자금을 차지하려고 했을지도 모르고요."

"뭔 소리 하는 거야. 아무튼 빨리 나가자. 경찰에 신고해야지."

"진짜 범인은 바퀴벌레예요. 살아 있는 이 남자를 바퀴벌레가 먹어 치운 겁니다. 남자는 바퀴벌레를 박멸하다가 살해당한 거예요. 결국 바퀴벌레가 이긴 겁니다. 살아남은 거예요. 바퀴벌레가 이 모텔 주인이 된 거예요. 그러니 우리는 이 모텔을 절대로 철거할 수 없겠죠. 이들의 보금자리니까요."

"하하하. 작가 상상력은 알아줘야 해. 다시 봤어. 그러니까 이만 돌아가자고."

김 소장은 애써 미소를 지으면서 말했다.

뒤돌아보니 바퀴벌레가 빼곡하게 길을 메꿨다.

"진짜 이러다 둘 다 뭔 일 나겠다니까. 엉?"

"두렵지 않아요. 악을 처단하기 위해서는 용기가 필요하니까."

"무슨 악? 무슨 용기? 그게 무슨 말이야?"

동굴에 들어서자 악취가 더욱 심해졌다. 숨을 들이쉬면 코로 분비물 냄새가 처들어왔다. 바닥도 미끈거려 몇 번이나 중심을 잃었다. 바퀴벌레 떼는 낯선 방문자들을 경계하지도 않

박성신

고 박쥐와 지렁이의 분뇨를 먹고 있었다. 돌연변이들이었다. 해충약 때문인지, 오랜 시간 진화를 거듭한 것인지 거대했다. 박쥐처럼 날개가 컸고 이빨이 있었으며 몸통이 남자 팔뚝만 했다.

"여긴 동굴이야. 우리가 이렇게 막 발을 들여서는 안 돼."

김 소장의 얼굴이 울 듯이 구겨졌다.

"가장 큰 바퀴벌레를 찾아냈어요."

한수가 김 소장을 노려보았다.

"바로 당신."

한수의 눈빛이 번뜩였다.

"당신은 끝났어. 여기서 못 나갈 거예요."

"정한수. 넌 미쳤어!"

김 소장이 한수를 밀치고 도망쳤다. 한수가 곧장 따라붙어 김 소장의 등을 발로 찼다.

한수와 김 소장의 몸싸움이 벌어졌다. 바닥은 미끄럽고 컴컴했다. 김 소장이 발을 삐끗하고 중심을 잃었다. 한수가 발로 김 소장의 가슴팍을 찼다. 날아가 벽에 부딪쳤다. 쿵, 하는 소리가 들렸다. 한수는 주머니에서 미리 준비해 온 크림빵을 꺼냈다. 김 소장이 늘 먹던 크림빵이었다. 더운 날씨에 크림이 녹아 봉지 안이 크림으로 흥건했다. 한수는 크림빵 봉지를 열고 김 소장의 얼굴에 발랐다. 녹은 크림이 뚝뚝 흘렀다.

"그만해! 저리 치워!"

달달한 냄새가 동굴 안에 퍼졌다. 바퀴벌레들이 우르르 몰려들기 시작했다.

"죽여버린다. 하지 마! 그만해!"

"죽는 건 그쪽이죠."

어디선가 푸드덕거리는 소리가 들렸다. 커다랗고 날개가 있는 놈들이 몰려들었다.

"잘 가요. 이 세상에서."

한수가 손전등을 비추자 바퀴벌레들에게 둘러싸인 김 소장이 보였다. 바퀴벌레들은 앞다퉈 김 소장의 입술을 물고 눈꺼풀을 물고 연달아 귀와 코를 물어뜯었다. 얼굴에 발린 크림빵은 순식간에 사라졌다.

"살려줘. 제발. 으악!"

김 소장이 주먹으로 자신의 얼굴과 몸을 때렸다. 몇 마리가 주먹 아래서 터져나갔다. 살점이 떨어져 나간 얼굴은 피로 물들었다. 바퀴벌레들이 작전을 바꾼 듯 이번엔 김 소장의 귀로 코로 입으로 들어갔다. 수십 마리는 소맷단으로 들어갔고, 수십 마리는 바짓단 안으로, 또 수백 마리는 넥 칼라 안으로 들어갔다. 안으로 들어간 바퀴벌레들이 김 소장의 몸 안에서 장기를 물어뜯으면서 신나게 돌아다녔다. 입속으로 들어간 바퀴벌레가 귀에서 나오고, 귓속으로 들어간 바퀴벌레가 코에서 나왔다. 김 소장의 입에서 피가 뿜어져 나왔다. 비릿한 냄새가 동굴 속에 퍼졌다.

박성신

"사, 살려줘! 살…려…."

김 소장의 온몸이 요동치면서 바퀴벌레를 짓눌렀지만 역부족이었다. 벽을 타고 갈색 너울들이 몰려왔다. 먹이를 발견한 바퀴벌레 떼였다. 더 깊숙한 곳에서 박쥐들이 날아오고 구멍 안에서는 지렁이들도 기어 나왔다.

순식간에 김 소장의 몸은 뼈와 옷만 남고 사라졌다.

한수의 얼굴에 만족스러운 미소가 번졌다.

"해냈어! 내가 해냈다고!"

한수는 뒤돌아 입구 쪽으로 달렸다. 발밑에서 연신 툭툭 터지는 소리가 들렸다. 바퀴벌레 몇 마리가 달리는 한수의 어깨에 붙었다.

저 멀리 입구가 보였다. 희뿌연 빛이 퍼져 보였다. 한수는 그리로 내달렸다.

그때 바퀴벌레가 날아와 한수의 양쪽 눈에 붙었다. 그러자 어둠 속에 갇히고 말았다.

아무것도 보이지 않았다. 악취 때문에 코로 숨을 쉴 수 없었다. 입을 벌리자 목구멍으로 뭔가 들어갔다. 목덜미에 털이 닿았다. 손끝으로 뭔가 기어 올라왔다. 그것들은 작업화를 뚫고 발가락 사이로 쳐들어왔다. 힘이 빠져 무릎을 꿇었다.

'안 돼.'

무언가가 눈알을 빼 갔다. 앞다퉈 귀로 들어왔다. 목구멍으로 들어간 놈들이 위장을 헤집고 돌아다녔다. 거대한 놈이 머리에 붙어 이빨로 물어뜯었다. 대장이 머리를 뜯어 먹자 다른 바퀴벌레도 그의 살점을 뜯어 먹기 시작했다. 알을 가득 품은 바퀴벌레들이 신나서 그의 몸에 알을 낳았다. 그의 몸속에 알들이 들어찼다. 안팎으로 한수는 먹히기 시작했다. 맛있는 식사였다. 순식간에 한수는 사라지고 그의 뼈와 옷, 그리고 그가 찼던 메탈 세이코 오토매틱 시계만이 덩그러니 남았다.

1시간 후

화장실을 다녀온 미스터 양이 담배 연기를 내뿜으며 걸어왔다.

"Cái đồng hồ đó là gì vậy? (그 시계 뭐야?)"

반다이가 미스터 양의 손목을 가리켰다. 못 보던 시계가 반짝였다.

"Nhặt được rồi. Hồi nãy ở trước hành lang. (주웠어. 방금 저기 복도 앞에서.)"

시계는 메탈이고 세이코 오토메틱이라고 쓰여 있다.

"Ồ, bảnh quá. Nhưng mà mình đã nói là đừng có đụng vào đồ ở đây mà. (오,멋있다. 근데 여기 물건 건들지 말랬잖아.)"

"Mình chỉ nói vậy thôi. Sợ ăn trộm gì đó. (그냥 하는 말이지. 뭐 훔쳐 갈까 봐?)"

박성신

"Những người đó vẫn chưa xuất hiện à. (사람들은 아직도 안 나왔어?)"

미스터 양의 물음에 반다이는 고개를 저었다.

"Lúc nãy anh Jang đi rồi. Cứ như đang chạy trốn vậy. (장 씨는 아까 갔어. 도망치듯 가버리던데?)"

반다이는 웃었다.

"Các bạn có thấy Kim So So và Han Soo đăng lên chưa. (그럼, 김 소장하고 한수가 올라온 거 봤어?)"

미스터 양이 지하실 쪽을 바라보았다.

"Không, em chưa xem. Người đó-Han-su-hơi kỳ lạ. Lúc nào anh ấy cũng tự nói nhầm một mình. Nghe nói cái vòng cổ của chị cũng bị anh ta lấy trộm. Chắc chắn là anh ta bị ma ám rồi. (아니. 못 봤어. 그 사람 좀 이상해. 한수. 혼자 헛소리를 하고. 니 목걸이도 그 사람이 훔쳐 간 거라며. 귀신 들린 게 분명해.)"

반다이와 미스터 양은 지하실 입구 앞에서 나란히 담배를 피웠다.

"Nghe anh Jang nói thì chính Han-su đã vô tình giết con gái của mình. Vì con gián bất ngờ xuất hiện trong xe nên anh ta hoảng sợ, đạp nhầm chân ga thay vì phanh. Và thế là-RẦM!-anh ta đã đâm trúng con bé ngay trước mắt. (장 씨가 들은 말로는 한수 딸도 한수가 죽였대. 갑자기 차 안에 나타

난 바퀴벌레 때문에 놀라서 액셀 대신 브레이크를 밟았대. 그리고 눈앞에 있는 딸을, 쾅! 치어버린 거야.)"

미스터 양이 발끝을 들어 바닥을 밟고, 주먹으로 손바닥을 쾅, 내리쳤다.

"Trời ơi! Điên rồi! (세상에! 제정신일 수가 없네!)"

"Đã qua 1 tiếng rồi mà. Sao không ra vậy? Có chuyện gì với con gián vậy? (1시간이나 지났는데. 왜 안 나와? 바퀴벌레 때문에 이게 무슨 일이야?)"

미스터 양이 손목을 들어 시계를 보았다.

"Con gián đem lại tiền mà. Không phải xui xẻo đâu. (바퀴벌레는 돈 벌게 해준댔어. 나쁜 기 아니야.)"

미스터 양이 인상을 쓰자, 반다이가 미소를 지었다.

"Chúng ta đi xuống nhé. (내려가 볼까.)"

미스터 양이 담배를 바닥에 던져 비벼 끄자 반다이가 고개를 끄덕였다.

둘은 손전등을 켜고 지하실 문을 열어 아래로 내려갔다.

박성신

호묘산 등반기

사마란

"산은 겨울 산이 진짜지."

나는 동호의 말을 떠올렸다. 동호는 수십 장의 휴대전화 사진을 내 앞에 들이밀며 눈이 쌓인 설경을 오르는 건 우리가 닿을 수 없는 환상의 나라에 떨어진 기분이라고 말했다.

"겨울엔 추워서 싫어. 위험하기도 하고."

내가 정색을 하자 동호는 부드러운 목소리로 달래듯, 조르 듯 말했다.

"누나, 등산한다는 사람이 덕유산 눈꽃 산행 정도는 해봐 야지. 케이블카에서 보는 거랑 같은 줄 아냐. 차원이 달라, 차 원이. 그런 소리 하지 말고 같이 가자."

나는 이를 드러내며 싱글대는 동호의 구릿빛 얼굴을 쳐다

사마란

보며 재차 고개를 흔들어 댔다. 생각만 해도 추워서 소름이 돋을 지경인 데다 겨울 장비도 새로 구매를 해야 한다. 한꺼 번에 나가야 할 큰 지출에 선뜻 나설 엄두가 나지 않았다.

"같이 가면 좋은데. 어제 물어보니까 미영이는 간다던 데…."

동호가 말끝을 흐리며 내 얼굴을 바라보았다. 얼마 전 만 났을 때 동호의 옆에서 하하호호 웃어대며 은근슬쩍 동호의 어깨에 기대어 나를 향해 묘한 미소를 짓는 미영의 얼굴을 떠 올렸다. 그건 마치, 전쟁에서 승리한 자의 표정 같았다.

죽도록 공부해서 간호사 면허를 따고 이곳 월영시에 있는 병원에 입사한 지 2년 차, 쉽게 적응이 되지 않는 3교대 근무 와 업무 스트레스를 핑계로 날마다 마신 캔맥주 덕에 여기저 기 군살이 붙고 체력은 바닥을 쳤다. 운동을 좀 해볼까 싶어 서 가입한 등산 동호회에서 동호와 미영이를 알게 되었다. 첫 산행이라 멋모르고 운동화를 신고 간 내 옆을 지키며 낙오하 지 않고 산행을 마칠 수 있도록 도와준 것이 동호였고 뒤풀 이를 마치고 나를 집 근처까지 차로 태워다 준 것이 미영이었 다. 셋 다 월영시에 산다는 이유로 따로 단톡방을 만들어 매 일 수다를 떨고 가끔은 만나서 가볍게 술자리를 가지게 되면 서 친해졌다. 나보다 두어 살 어려 가벼운 마음으로 만나기 시작했지만 시간이 지날수록 누나라고 부르며 살갑게 챙기는 동호에게 조금씩 호감이 생겼다.

동호와는 전부터 산행 동호회 친구였고 정말 아무 감정 없다고 침이 튀도록 강조하던 미영이 달라진 건 그즈음이었다. 내가 동호에게 관심을 보이자 은근슬쩍 동호에게 기대거나 팔짱을 끼며 친분을 과시하더니 어쩌다 동호와 나란히 걷기라도 하면 노골적으로 그 사이를 비집고 들어와 자신이 동호의 옆자리를 차지했다. 동호는 미영이 전보다 친밀하게 대하는 것이 그저 좋은지 바보처럼 웃기만 해서 내 속을 태웠다. 어떨 땐 '등신아!' 라고 등짝을 한 대 때려서 정신을 차리게 하고도 싶었지만 내가 조금이라도 미영에 대해 안 좋은 소리를 할라치면 미영이 철이 없어 그렇지 악감정이 있는 아이는 아니라며 감싸기 바빴다. 내 맘은 몰라주면서 눈에 뻔히 보이는 미영의 수작을 모르는 동호가 답답하기도 하고 서운하기도 했다.

미영은 그런 애였다. 등산 모임에 나가면 모든 남자가 자신을 쳐다봐야 직성이 풀리는지 세상 물정 모르는 척, 순수한 척하며 남자들의 관심을 끌었다. 다른 남자가 많을 땐 동호 따위는 관심도 없다가 우리 셋만 어울리게 되면 동호를 자꾸만 터치하며 웃음을 흘렸다. 그럴 때마다 이것 보라는 듯 나를 쳐다보는 눈빛은 소름이 끼칠 지경이었다. 나는 너무 분하고 약이 올라 두 사람만 오붓하게 차에 태워 덕유산에 보내기는 싫었다.

하지만 나의 체력은 너무 보잘것없었다. 내가 덕유산을 가

사마란

겠다고 하자 등산 시작한 지 막 4개월을 지난 '등린이'에게 덕유산 눈꽃 산행은 조금 무리일 것이라며 주위 사람들이 걱정을 했다. 특히나 미영은 "언니 잘못하면 크게 다칠걸요"라며 걱정을 가장한 거부의 제스처를 취했다. 그 여우 같은 것에게 이대로 당할 수는 없었다. 나는 PT를 끊어 매일 러닝머신 위를 걷고 근무 오프일 땐 집 뒤에 있는 야트막한 뒷동산에 올랐다. 3주 정도 꾸준히 하니 조금씩 근력이 붙는 것이 느껴져 오늘은 조금 더 높은 산에 도전해 보겠다는 계획으로 집에서 조금 떨어져 있는 호묘산에 와 있다.

아침부터 뭐라도 내릴 듯 음침한 목요일이었다. 버스에서 내려 휴대전화로 지도를 보며 20분쯤 걷자 등산로가 보였다. 월영시 사람들이 즐겨 찾는 초보자용 산이라고 듣고 왔는데 평일인 데다 우중충한 날씨 때문인지 등산객이 한 명도 보이지 않았다.

공원 뒤로 이어진 잘 정돈된 등산로 초입에서 산을 바라보았다. 동호회에서 자주 가던 북한산이나 도봉산에 비하면 한참 낮은 흙산이라고 했다. 암릉구간이 있다면 나 혼자서는 절대로 용기 내지 못했겠지만 호묘산은 내 눈에 보기에도 높지 않은 흙산이라 의욕이 충만했다.

'오케이. 이 정도면 도전해 볼 만하겠어.'

나는 휴대전화 운동 앱의 시작 버튼을 누르고 등산로 입구의 계단을 올랐다. 초입을 지나 10분 정도 오르자 철봉이나 트위스트 기구 같은 것이 두어 개 설치된 휴식 공간이 나왔다. 벌써부터 숨이 턱에 닿아 벤치에 앉아 물을 한 모금 마시고 있을 때 등산복을 가볍게 차려입은 노부부가 잰걸음으로 내려오다 나를 발견하고는 걸음을 늦추지 않은 상태로 다가왔다.

"눈 올 땐 이 산에 올라가는 거 아니에요. 돌아가요."

놀란 내가 마시던 물통의 뚜껑을 닫으며 그들을 쳐다보는 사이, 노부부는 빠르게 지나가며 낮게 속삭였다.

"명심해요. 곧 눈이 내릴 거야."

문득 걸음을 멈춘 할머니가 뒤돌아서서 재차 당부했다. 그 눈빛이 너무나 형형해서 심상이 얼어붙는 느낌이었다.

"…아, 예. 감사합니다."

멀리 사라져가는 노부부의 모습에서 뭔가 이상한 느낌이 들었지만 이유는 알 수 없었다. 그저 돌아가라는 말이 뇌리에서 자꾸만 맴돌았다. 그저 지나가는 노인들의 오지랖인지, 정말 뭔가 위험한 것이 도사리고 있는 것인지 가늠할 수 없어 나는 고개를 들어 잔뜩 그물거리는 하늘을 바라보았다. 먼 곳에서 구르릉, 하는 이상한 소리가 들리는 것도 같았다.

휴대전화의 실시간 기상예보에서는 오후 3시경 눈 또는 비가 내릴 것이라고 예측했다. 사전에 인터넷으로 검색했을 때 정상까지 천천히 갔다 와도 4, 5시간 정도면 충분하다고 했으니 시간은 넉넉했다. 게다가 명색이 눈꽃 산행을 대비한

개인 산행인데 눈이 조금 내리는 것도 설산을 미리 맛볼 기회라는 생각에 서둘러 걸음을 재촉했다.

걷다 보니 호흡도 조금씩 안정되어 가고 주말에 집에서 드라마나 보며 뒹구는 것보다야 훨씬 더 보람찬 것 같아 콧노래도 나왔다. 시간별로 휴대전화에서 운동 시간과 거리, 현재 고도를 알려주는 알림음이 울렸다. 벌써 1시간이나 지나 있었다. 다리가 아파 주저앉고 싶은 마음이 나를 유혹했으나 미영의 얼굴을 떠올리니 없던 힘이 솟는 것 같았다.

'그 얄미운 계집애, 내가 꼭 덕유산을 따라가서 동호 옆에서 여우짓하는 널 떼어놓고야 말 테다.'

마음과 달리 숨은 거칠게 새어 나왔다. 흐릿하던 하늘은 구름이 더 짙게 드리워 사방이 컴컴해지고 있었다. 나는 덜컥 겁이 나는 걸 느꼈다.

"안녕하세요."

뒤에서 들리는 남자 목소리에 깜짝 놀라 소리를 질렀다. 키가 190은 될 것같이 커다란 남자가 걸어 올라오며 나에게 인사를 건넸다. 유난히 얼굴이 하얀 남자였다. 서글서글한 인상과 큰 키에 잘 어울리는 카키색 스포츠점퍼와 황갈색 등산바지, 짙은 카키색 등산화가 눈에 들어왔다. 머리부터 발끝까지, 등산 동호회에서도 누군가 착장하고 나타나면 비싼 제품이라며 다들 한 번씩 들여다보는 고급 브랜드를 몸에 두르고 있었다. 인적이 없는 길에서 만난 덩치 큰 사람이 조금 무섭기도 했지만 산에 오르다 마주치는 사람에게 인사하는 것은 등산인의 예의 같은 일이라 작게 고개를 까딱여 화답했다.

"예, 안녕하세요."

남자는 내 근처로 와 걸음을 멈추더니 작게 숨을 몰아쉬며 땀을 닦았다.

"처음 오셨어요? 오늘 날씨도 안 좋은데."

"아, 예. 가볍게 오를 수 있는 초보자용 산이라고 해서요."

"누가요? 유튜브에서요?"

남자가 피식 웃었다.

"유튜브에서 몇 사람이 이 산을 초보자용 산이라고 해대서 쉽게 보는 경우가 꽤 있더라고요. 뭐, 날 좋을 땐 그럴 수도 있겠죠. 근데 오늘처럼 눈이라도 올 거 같은 날에는 얘기가 달라요. 혼자 다니다 조난당하기 딱 좋은 산이에요, 여기가."

남자의 말에 나는 고개를 들어 하늘을 바라봤다. 하늘에 먹구름이 가득하고 아직 오전 11시밖에 안 되었는데 사위가 어두웠다.

"아, 정말 곧 밤이 올 것처럼 어둡네요."

"예, 오후에 눈이 온다더니 아무래도 더 일찍부터 오려나 봐요."

"아… 그냥 내려가기엔 좀 아까운데…"

나는 망설이며 위쪽 길과 아래쪽 길을 번갈아 보았다. 1시간을 넘게 올라왔는데 여기서 내려가는 것도 아깝고 그 여우 같은 미영의 얼굴도 떠오르는 한편, 당장 멸망이라도 할 것처럼 어두운 산길이 두렵기도 해서 도무지 마음을 결정하기 힘들었다. 섣불리 결정하지 못하는 내 앞에서 남자는 여유로운 표정으로 하늘을 한번 쳐다보더니 시계를 보았다.

"나는 위로 올라갈 건데, 그쪽은?"

잠시 망설였다. 아무도 없는 산에서 이 남자가 갑자기 돌변하는 경우를 무시할 수는 없었지만 서글서글한 인상의 남자는 별다른 악의가 없어 보였고 가방도 메고 있지 않았다. 그러니까 날 해칠 도구 같은 건 갖고 있지 않은 것이 분명한 데다 내가 메고 있는 작은 등산 가방에는 호신용 스프레이가 들어 있었다. 얼마 전 동호가 꼭 갖고 다니라며 나와 미영에게 선물한 것이었다. 눈에 정통으로 맞으면 한참 동안 정신을 못 차린다고 했으니 여차하면 그 스프레이를 뿌리고 도망가면 될 것 같았다. 나는 덕유산과 미영을 떠올리며 용기를 냈다.

"따라가도 될까요? 제가 초행이라."

"말동무해 주신다면 저야 영광이죠."

남자는 장난스럽게 허리를 굽혀 인사하며 미소를 지었다. 꽤 매력적이었다. 나는 그 남자보다 한 발짝 뒤에서 따라 걸으면서 슬그머니 가방 안에 있는 작은 스프레이를 꺼내 점퍼 주머니에 넣었다. 한동안 말없이 낙엽 밟히는 소리를 들으며 걷던 남자가 불쑥 말을 꺼냈다.

"김두수라고 해요."

"아. 예…."

"뭐라고 불러야 하죠? 계속 그쪽이라고 하긴 좀."

"아, 저는 고주화라고 합니다. 오늘 잘 부탁드려요."

뻘쭘하게 고개를 숙이며 뒤늦은 인사를 했다. 김두수도 고개를 살짝 까딱이고는 말을 이어갔다.

"예, 주화 씨. 주화 씨라고 불러도 되죠?"

"아. 예…."

"저한테는 그냥 오빠라고 불러도 되는데."

"예? 아… 뭐…."

당황해서 말을 더듬는 닐 보고 김두수는 싱글싱글 웃어냈다. 내 심장이 쿵, 하는 소리가 들렸다.

"오늘 무슨 일로 이렇게 산에 오셨어요?"

"아… 몇 주 뒤에 친구들이랑 눈꽃 산행 갈 일이 있는데, 제 등력이 좀 그래서요. 체력을 좀 키워서 가려고요."

"캬아. 눈꽃 산행. 죽이죠. 산은 사시사철 좋지만 눈 덮인 겨울 산 따라올 건 없어요. 좋은 계획 세우셨네."

시원시원한 목소리로 웃는 김두수의 하얗고 갸름한 얼굴을 보며 나는 얼굴이 화끈 달아올라 고개를 푹 숙였다.

'어휴, 주책이야.'

나는 빰을 양손으로 잡은 채 고개를 흔들고는 자신을 김두수라고 소개한 남자의 뒤를 따라 부지런히 산을 올랐다. 험하

사마란

지 않은 산세였지만 재바른 그의 속도를 따라가려니 여간 힘든 것이 아니었다.

"저… 저기…."

말이 나오지 않았다. 거친 숨소리를 듣고 두수가 멈춰 서서 뒤를 돌아보았다. 나는 그 자리에 털썩 주저앉아 숨을 몰아쉬며 물병을 꺼냈다.

"아, 이런. 죄송합니다. 제가 너무 빠르죠? 좀 천천히 갈게요."

그가 발걸음을 멈추고 내 옆에 털썩 앉았다. 시계를 보니 12시 8분이었다. 산에 오른 지 2시간이 훌쩍 넘어가고 있었다. 동호처럼 하얗게 이를 드러내고 웃는 그의 얼굴에 하얀 무언가가 떨어졌다. 눈이었다.

"아, 벌써 눈이 오네요?"

우리는 잠시 숨을 고르며 하늘을 바라보았다. 사방에서 눈송이들이 나풀거리며 땅으로 떨어졌다. 퍽 낭만적인 광경이었다.

"생각보다 많이 오겠는데? 어떻게 하실래요?"

그가 눈이 내리는 하늘을 바라보며 물었다. 망설이는 내 머릿속에 나무 위를 하얗게 덮은 예쁜 눈꽃과 하얀 설경에서 김두수가 환한 미소를 지으며 손을 내밀어 나를 잡아 이끌어주는 드라마 같은 한 장면이 펼쳐졌다. 동시에 초입 부근에서 만난 노부부의 경고도 떠올랐다. 아름다운 상상이 와장창 깨지는 기분이었다.

"눈이 오면 위험하다고… 아까 만난 어떤 할머니께서 말씀하시던데요."

"할머니요?"

"예. 초입 부근에서 스쳐 가듯 만났는데 위험하니까 내려가라고 하셨어요. 눈이 올 땐 이 산에 오르는 게 아니라고."

"맞아요. 여긴 눈이 오면 많이 위험해요. 근데 내려가는 동안에도 눈은 계속 올 거예요. 제가 아는 지름길로 가면 금방 올라가긴 하는데…. 여기 정상에서 보이는 광경이 꽤 볼만한데 못 보고 내려가면 좀…. 흠, 그래도 위험한 것보단 나으려나…."

그가 발치를 내려다보며 혼잣말처럼 중얼거리다 나를 향해 매력적인 미소를 지었다.

"그래도 좀 아깝지 않아요?"

김두수의 낮은 목소리가 귀에 달콤하게 감겼다. '좀 아깝지 않아요?' 이 한마디가 자꾸만 신경 쓰였고 지름길이란 단어가 해결책같이 느껴졌다. 탁 트인 산 정상에서 눈 오는 도시를 내려다보는 건 또 얼마나 상쾌하고 멋있을까. 나는 정상의 광경을 떠올리며 홀린 것처럼 고개를 주억거렸다.

"아, 다행이에요. 주화 씨가 내려가고 싶다고 할까 봐 걱정했어요. 이런 눈 오는 멋진 날에 주화 씨 같은 멋진 여자가 옆에 있었으면 좋겠다고 생각했거든요."

사마란

김두수의 말에 내 얼굴은 또다시 발갛게 상기되었다. 뇌리에는 지름길로 갔다가 금방 내려오면 되지, 저렇게 젠틀한 남자니까 괜찮을 거야, 날도 춥고 눈도 오니까 내려가서 아름다운 설경을 보며 따뜻한 차라도 한잔 같이할 수 있지 않을까, 저 남자에 비하면 동호는 완전 애잖아, 남자는 저렇게 좀 원숙미가 있어야지, 라는 말들이 어지럽게 날아다녔다. 아까보다 좀 천천히 걷는 김두수보다 두어 걸음 뒤처져 걸으면서 눈에 들어온 그의 넓은 등도 믿음직스러웠다. 열심히 살았더니 하늘이 이런 복을 주셨구나 싶어 고개를 들어 하늘을 향해 감사의 윙크를 날렸다. 눈발이 조금씩 굵어지고 있었다.

"이쪽으로 가면 더 빨라요."

김두수는 갈래 길에서 멈추더니 나를 바라보며 말했다. 우리의 왼쪽으로는 등산로가 계속됐고 약간 비킨 정면으로 초록색 울타리가 둘러쳐진 곳에 '출입금지구역'이라고 적힌 작고 낡은 팻말이 보였다. 오래된 금속 팻말은 세월에 부식되어 군데군데 붉은 녹이 흘러내려 불길해 보였다. 바싹 마른 덩굴식물이 얽혀 있는 삭막한 철제 울타리도 대부분 녹이 슬고 허술하기 짝이 없었다. 팻말에서 5미터쯤 떨어진 곳으로 간 김두수가 허술한 울타리의 뚫린 부분을 손으로 들어 올려 구멍을 크게 만들고 나를 불렀다.

"이쪽으로요."

"네? 출입금지라고 쓰여 있는데…. 철조망도 쳐져 있고…."

"사유지라서 그런 거예요. 그냥 지나가기만 할 거라 괜찮아요. 걱정 말고 와요."

김두수의 미소가 믿음직스러웠다. 괜찮아요. 그 말이 마법처럼 내 발을 이끌었다. 그가 열어준 개구멍으로 고개를 숙여 기다시피 안으로 들어갔다. 내가 무사히 안으로 들어가고 옷자락에 묻은 검불을 탁탁 털어내는 것까지 눈으로 확인한 그가 따라 들어왔다.

"짠. 아무 일도 안 생겨요. 괜찮다니까요."

우리 둘은 마주 보며 활짝 웃었다. 곧 김두수가 앞장서 걷기 시작했다. 사람들이 많이 다니는 등산로와는 달리 마른 검불들이 잔뜩 쌓인 바닥은 걷기가 쉽지 않아서 나는 자꾸만 헛발을 디뎠다.

"조심해요."

두수가 손을 내밀었다. 나는 잠시 망설이다 부끄러운 듯 손을 내주었고 그의 손에 내 손이 닿자마자 얼굴이 홧홧하게 달아올랐다. 이제 덕유산이야 어찌 되건 상관없는 일이었다. 동호 따위 그 여우 같은 미영이랑 잘 해보라지. 나는 오늘 산에서 내려가면 이 남자에게 식사를 같이하자고 제안하리라. 술이라도 한잔하게 되면 그에게 고백할 용기가 날지도 모를 일이다. 나를 이끄는 그의 거칠고 유난히 차가운 손에 영원히 나를 맡기고 싶어졌다. 이런 게 운명일지도 모르는 일 아닌가.

사마란

"아얏!"

이런저런 상상의 나래를 펼치던 나는 외마디 비명과 함께 바닥에 나자빠졌다. 김두수가 급히 내 손을 낚아챘지만 속수무책이었다. 덤불 사이의 돌덩이를 밟고 발이 미끄러진 모양이었다. 오른쪽 발목에 느껴지는 심한 통증에 눈물이 핑 돌았다.

"괜찮아요? 어디 봐요."

그가 황급히 내 등산화의 매듭을 풀었다. 원래부터 자주 삐끗하는 발목이 오늘은 된통 사달이 났는지 벌써 심하게 붓기 시작했다. 그는 심각한 표정으로 내 발목을 이리저리 만졌다.

"아!"

나의 외마디 비명에 그는 난감한 표정으로 내 발목을 손으로 감쌌다. 나는 부끄러워 그의 손을 슬며시 밀어냈다.

"심하게 접질린 거 같은데…. 큰일이네."

그러는 사이에 눈송이는 점점 더 탐스러워져 메마른 덤불을 하얗게 덮어갔다. 그의 머리에도 하얗게 눈이 내려앉고 있었다.

"많이 부었는데."

나를 쳐다보는 그의 걱정스러운 눈과 내 눈길이 마주치자 심장이 덜컥 내려앉았다. 가슴이 두근거려 가슴을 부여잡아야 할 정도였다.

"괜찮아요? 어디 많이 안 좋아요?"

내가 겨우 고개를 가로젓자 두수는 다행이라는 듯 미소를 지었다.

"눈이 생각보다 많이 오네요. 일어날 수 있겠어요?"

나는 고개를 끄덕였다. 그는 세심한 손길로 내 발에 신발을 신겨주더니 일어나 손을 내밀었다. 그의 손이 아까처럼 차갑지 않았다. 그사이 내 손이 얼음장처럼 차가워졌기 때문이었다. 일어서서 한 걸음을 떼자 나도 모르게 비명이 새어 나왔다. 그는 허리를 굽혀 내 어깨에 팔을 두르고 겨드랑이 사이로 손을 끼워 부축했다.

"일단 눈을 좀 피해야겠어요. 저 안쪽에 버려진 신낭이 하나 있어요. 거기로 가서 일단 눈이 그치길 기다려 봅시다. 이대로는 올라가지도 내려가지도 못하겠어요."

두수의 하얀 얼굴을 올려다보았다. 걱정이 가득한 그의 얼굴은 퍽 멋졌다. 위험한 상황에도 이 남자와 함께라면 어쩐지 괜찮을 것 같은 기분이었다. 하지만 다리는 괜찮지 않았다. 걷는 것이 너무 힘들어 다시 주저앉을 수밖에 없었다.

"큰일이네, 눈이 더 오는데. 안 되겠어요. 업혀요."

김두수가 내 앞에 듬직한 등을 내밀었다. 나는 그동안 다이어트를 하지 않은 자신을 저주했다. 오늘 아침에 등산을 하려면 에너지가 필요하다며 야무지게 싹싹 긁어 먹은 국밥 한 그릇을 다 게워 내고 싶은 심정이었으나 눈발은 점점 굵어져

사마란

세상이 점점 하얗게 덮이고 있었으므로 어쩔 수 없었다.

"무겁죠…. 죄송해요."

그의 등에 업힌 내가 기어들어 가는 소리로 말했다.

"무겁긴요. 새털 같은데요."

김두수가 힘겨운 목소리로 거짓말을 했다. 나는 쥐구멍에라도 숨고 싶은 심정이었다. 10분쯤 걸어 그가 멈춰 선 곳은 단벽에 기와를 얹은 아주 작은 절 같은 곳이었다. 허름한 건축물 군데군데 단청이 벗겨지고 어딘가 모르게 썰렁한 기운이 돌았다. 그는 숨을 몰아쉬며 댓돌 위로 올라가 문을 열고 신발을 신은 채 성큼 들어서더니 업힌 나를 내려놓았다. 나는 먼지가 뽀얗게 내려앉은 바닥에 주저앉아 주위를 두리번거렸다. 출입문의 반대편에는 색이 바랜 커다란 불상 옆으로 광택을 잃은 작은 금빛 불상들이 열을 지어 빼곡하게 단상 위를 채우고 있었다. 불상의 부리부리한 눈이 매섭게 나를 노려보는 기분에 등골이 오싹했다. 작은 상 위에 놓여 있던 향로는 엎어져 안에 들어 있던 재가 바닥에 어지럽게 흩어져 있었다.

"여기 누가 사는 걸까요?"

그는 내 오른쪽 옆에 털썩 주저앉아 이마에 흐르는 땀을 옷소매로 훔쳤다.

"아니요. 지금은 비었어요. 작년 초까지만 해도 점사를 보는 늙은 만신이 기거했는데, 눈 오는 날 갑자기 쓰러지셔서 병원에 실려 가신 후로 비어 있는 곳이에요. 좀 쉬어요. 눈이 그치면 내가 주화 씨를 업고라도 내려갈게요."

두수가 하얀 이를 드러내며 웃었다. 아주 짧은 순간이었지만 나는 이대로 눈이 그치지 않아도 괜찮을 것 같았다. 하지만 곧 한기가 느껴져 신음이 절로 나왔다. 나는 바닥에 있는 서너 개의 낡은 방석 중 제일 깨끗해 보이는 것을 끌어당겨 내 엉덩이 밑으로 밀어 넣었으나 바닥의 찬기만 겨우 면할 뿐, 몸이 덜덜 떨리는 것을 막지는 못했다.

"추워요?"

그의 어깨가 내 팔에 닿을 정도로 바짝 붙었다. 설렘보다 더 강한 추위 덕에 체면이고 뭐고 생각할 수가 없었다. 조금이라도 온기를 느끼려고 그의 어깨에 기대자 두수가 기댄 어깨 반대편 손으로 내 얼굴에 붙은 잔머리를 정리해 주더니 손을 잡아 자신의 점퍼 속으로 집어넣었다. 김두수의 손은 얼음장같이 차가운데 가슴팍은 따스했다. 나는 두수의 가슴에 안기다시피 한 자세로 그의 온기를 느꼈다. 두근두근두근. 그의 가슴이 빠르게 뛰고 있는 것이 느껴졌다. 나는 가만히 그의 심장 소리를 들으며 습관처럼 심박수를 세다 놀라 그의 얼굴을 바라보았다.

"두수 씨 심장 소리가…."

"숨이 차서 그런가 봐요."

그는 대수롭지 않다는 듯 대답했다.

"너무… 빠른데요?"

정확한 측정은 아니지만 분당 150회를 가뿐히 상회하는 정도의 심박이었다. 힘들게 나를 업고 걸어서 심박수가 늘어난 상태라고 보기에도 너무 빨랐다. 어쩌면 나보다 그가 더 위험한 상태일 수도 있었다.

"한참 걸어온 데다 주화 씨랑 단둘이 있으니 긴장해서 그런 겁니다. 저는 괜찮아요."

그가 내 얼굴을 그윽하게 내려다보며 낮은 목소리로 말했다. 그의 얼굴이 너무 가까워서 숨결이 내 얼굴에 닿을 정도였다. 괜찮아요. 그 단어가 주문처럼 내 귀에 흘러들어 왔다. 그래. 심계항진이면 이렇게 멀쩡할 수가 없지. 어지럼증과 가슴 통증으로 난리가 날 걸. 그는 정말 괜찮을 거야. 나는 그렇게 믿고 그의 가슴에 내 몸을 맡겼다. 밖에서 무섭게 윙윙대는 바람 소리는 딴 세상의 일인 듯 그의 품이 따뜻하고 포근해서 그대로 잠들 수도 있을 것 같았다.

"아직 눈이 그치려면 좀 더 기다려야 할 거 같으니 우리 얘기나 할까요? 주화 씨는 가족이 있어요?"

그의 목소리가 축축하게 내려앉았다. 나는 눈을 감고 사춘기에 접어든 딸을 위해 자신의 인생을 희생한 늙은 아버지와 서로 으르렁대기 바쁘다가도 결정적인 순간에는 꼴에 남자라고 누나를 보호하겠다며 나서는 남동생을 떠올렸다.

"예. 어머니는 돌아가시고 천안에 아버지와 남동생이 있어요. 월영시 온 지는 2년쯤 됐고요."

"그러시구나. 아버지와 남동생이 있군요."

가족 얘기를 하다 보니 갑자기 중요한 것이 생각났다. 이 김두수라는 남자가 유부남일지도 모른다는 사실이었다. 오던 잠이 확 달아나는 기분이 들어 재빨리 그의 손을 바라보았다. 반지나 반지 자국은 없었지만 그렇다고 그것이 미혼이라는 증거는 아니었다.

"두수 씨는요? 가족이…."

묻는 내 목소리가 가늘게 떨렸다. 세상 어떤 남자를 다 데려와도 좋지만 유부남만큼은 안 된다던 아버지의 말씀이 떠올랐다. 나는 그의 입에서 부인이란 단어가 나오지 않기를 간절하게 빌었다.

"아내가 있었죠. 아이도 하나 있었고."

나는 깜짝 놀라 그의 얼굴을 올려다보았다. 머릿속으로는 아내가 '있었고' 아이가 '있었다'는 그의 말을 가늠하느라 정신이 없었다. '있다'가 아닌 '있었다'라는 과거형이니 그는 현재 유부남은 아니란 소린가. 유부남만 아니면 된다던 아버지는 유부남이었던 과거를 가진 남자는 허락해 주시려나. 내가 이런저런 복잡한 생각을 굴리고 있을 때 그는 떨리는 목소리로 말을 이었다.

"세상을 떠났어요. 오래전에."

그의 표정이 너무나 슬퍼 보여서 어떤 위로의 말을 건네야 할지 감이 오지 않았다. 불의의 사고로 아내와 아이를 잃은

이 남자의 마음을 따스하게 감싸안아 주고 싶은 마음이 들어, 나는 그의 차가운 손을 꼭 잡았다.

"아내는 총에 맞아 숨을 거뒀죠."

"총…이요?"

나는 놀라서 물었다. 그는 나를 향해 슬픈 표정으로 미소를 짓고는 손을 꽉 잡았다.

"예. 사람들이 쏜 총에 맞아서 피를 흘리며 죽어갔어요. 나는 차갑게 식어가는 아내를 두고 떠날 수밖에 없었어요. 아이를 지켜야 했으니까요. 떠나는 저와 아이를 바라보던 아내의 텅 비어가는 눈이 오래오래 저를 따라다녔습니다. 그러다 아이까지 잃고 나니 삶의 의욕이 없어지더라고요."

"아이는 왜….".

나의 질문에 대답하는 것조차 고통스러운지 김두수는 눈가에 눈물이 그렁한 표정으로 내 얼굴을 계속 쳐다보았다. 나는 그런 그를 안아주고 싶어 견딜 수가 없을 지경이었다. 어디서 그런 용기가 난 건지 양손으로 그의 얼굴을 잡으며 말했다.

"내가 있잖아요. 내 모든 걸 줄게요."

그의 얼굴이 점점 나를 향해 다가왔고 나는 홀린 듯 눈을 감았다. 아버지도 동생도 동호도 미영이도 상관없었다. 그냥 이 남자와 함께 이대로 모든 것이 끝나도 괜찮을 것 같은 생각이 들었다. 내 입술 가까이에 그의 뜨거운 숨결이 느껴졌다. 뇌가 감전된 것 같은 아득함을 별안간 불어닥친 세찬 바람이 몰아냈다.

"여어. 오랜만에 보네."

갑자기 들려오는 낯선 남자의 목소리에 놀라 눈을 떴다. 매서운 바람에 휩쓸린 눈보라가 방 안을 맴돌았다. 열린 문밖으로 흐릿한 두 개의 형체가 움직이는 것이 눈에 들어왔다.

"방해꾼이군."

김두수가 낭패라는 듯 고개를 돌렸다. 밖에 서 있던 사람 중 하나가 성큼 안으로 들어와서 나를 보고 혀를 찼다.

"아가씨, 괜찮아?"

낯선 남자의 질문에 나는 그저 고개를 끄덕일 뿐이었다. 무슨 일인지 알 수가 없었다. 김두수가 잔뜩 긴장했는지 몸을 낮추고 그를 노려보자 낯선 남자가 위협하듯 말했다.

"제 버릇 개 못 준다고, 지금 시대가 어느 시대인데 아직까지 이러고 다녀?"

"도깨비가 영원히 도깨비이듯 나도 바뀔 순 없으니까."

"하긴. 바뀔 위인들이면 이 꼴이 되지도 않았겠지. 꽤 오래 잘 숨어 지내더니 왜 갑자기 세상을 휘저어."

김두수는 대답하지 않고 천천히 일어나 나를 등 뒤에 두고 섰다. 나도 그의 등 뒤에 몸을 숨기듯 엉거주춤 일어났다. 무서움에 후들거리는 내 다리가 휘청이자 두수가 뒤로 손을 뻗어 나를 잡고는 뒤돌아 안심하라는 듯 눈짓했다. 그의 커다란

사마란

등이 거대한 요새처럼 든든하게 느껴졌다. 거센 눈보라가 실내를 휘젓고 있었지만 김두수의 옷깃을 꼬옥 잡으니 어딘가 안심이 되었다. 김두수가 양팔을 뒤로 하고 나를 감싸며 낮은 소리로 대꾸했다.

"도깨비가 상관할 일은 아니지 않나? 언제부터 인간사에 관여했다고. 괜히 힘 빼고 싶지 않은데 그냥 가던 길 가지."

"내가 상관할 일은 아니긴 해."

어딘가 익숙한 얼굴의 남자가 만사 귀찮은 표정으로 귀를 후볐다. 누구더라. 아는 얼굴인데 기억이 나지 않았다. 기억이 나지 않아 답답하기도 했지만 두수가 그를 도깨비라고 부르는 것이 이상했다. 진짜 도깨비일 리는 없고 이건 무슨 상황인지 알 길이 없어 김두수의 옷을 붙잡고 있는 손에 힘이 잔뜩 들어갔다. 긴장한 티가 역력한 김두수가 뒤로 뻗은 손에 더욱 힘을 주었고 나는 덜덜 떨며 도깨비라는 자를 기억해 내려 노력했다.

"그렇다고 그냥 돌아갈 수는 없잖아? 복덕방 문까지 닫고 왔는데."

그 말에 도깨비가 누구인지 생각이 났다. 부동산 사장. 월영시에 집을 구할 때 '도깨비 복덕방'이라는 간판을 보고 이게 뭐지? 싶었다. 검색해 보니 아주 옛날에는 공인중개사무소를 복덕방이라고도 했다는데 부동산이나 공인중개사라는 이름 대신 '복덕방'이란 간판을 단 것이 희한해서 호기심에 들어갔고, 저 남자와 두어 군데 집을 돌아본 후 계약을 했었다. 이 상황을 모두 파악할 수는 없었지만 그가 도깨비는 아니라는 거구나 하는 생각에 불안이 조금 진정되었다.

"근데 숨어 사느라 소문을 못 들었나 봐? 내가 인간사에 관여한 지 꽤 오래됐거든. 그것도 아주 깊게. 어쩌다 보니 그렇게 됐어. 계약에 묶인 몸이라."

"하, 도깨비를 계약에 묶은 인간이 있다고?"

"음. 정확히는 인간은 아니고 신. 어쨌거나 그자의 일을 도와주기로 계약한 거라. 복덕방 문도 닫고 힘들게 여기까지 올라왔지 뭐야. 너는 눈치껏 조용히 살지, 왜 인간한테 해를 끼치고 그래? 나까지 귀찮게."

그들의 이야기에 내 머릿속은 다시 혼란스러워졌다. 도깨비, 신, 계약…. 그 어떤 말도 알아들을 수 있는 것이 없었다. 도깨비라는 자가 내 쪽으로 고갯짓을 하며 말했다.

"어쨌거나 그 아가씨는 이쪽으로 보내. 나도 자네한테 해를 입히고 싶진 않거든."

"내가 무서울 게 뭐가 있지? 나 혼자 살아남아 이젠 지킬 것도 기대할 것도 없는데."

두수의 목소리가 이상하게도 짐승의 그르렁대는 소리처럼 울렸다. 두수의 목덜미에 땀이 송골송골 맺혀 있는 것이 눈에 들어왔다. 겁을 먹고 있는 것이 분명했다. 도깨비가 고개를 빼고 김두수 뒤에 있는 내게 말했다.

사마란

"아가씨, 내가 셋을 세면 이쪽으로 뛰어."

나는 도깨비가 위험한 건지 김두수가 위험한 건지 판단할 수가 없었다. 의심스럽기는 둘 다 마찬가지였기에 나는 쉽게 결단을 내리지 못하고 고개를 저었다. 그렇게 망설이는 사이 김두수가 내 손목을 낚아채 자기 앞에 내세우더니 순식간에 한쪽 손으로 내 목을 거머쥐었다. 나는 컥컥대며 팔을 휘저었 지만 금세 김두수의 우악스러운 팔에 제압당했다. 목과 온몸 이 붙잡힌 채 헐떡이는 나를 보며 도깨비가 인상을 찌푸렸다.

"아…. 일을 어렵게 만드네."

문간에 버티고 있는 도깨비 뒤에 서 있는 사람이 무언가를 들고 손을 바쁘게 움직이는 것이 보였다. 긴 머리카락이 흩날 리는 걸로 봐선 여자인 것 같았다. 도깨비는 방 안을 휘도는 눈발 속에서도 여유롭게 주머니에 손을 넣고 있었는데 그 주 위로 뜨거운 열기가 느껴졌다. 긴장한 김두수의 거칠고 뜨거 운 숨결이 내 귓가에 닿았다. 그의 떨림이 나에게 고스란히 느껴졌다.

"구미호가 멸족한 건 사람 간이 필요하다면서 인간을 잡아 먹어서였잖아. 인간들이 그대로 당하고만 있어야 했나, 그럼?"

간을 먹는 건 뭐고 구미호는 또 뭐란 말인가. 김두수는 내 간을 먹으려고 했다는 말인지. 나는 머리가 어지러웠다. 이 이상한 남자들이 하는 말을 이해하기란 쉽지 않은 일이었다. 다친 발목의 통증까지 더해 나는 사시나무 떨 듯 온몸을 떨며 그들의 이야기를 듣는 것 말고는 할 수 있는 것이 없었다. 김두수가 거친 숨만 몰아쉬며 대답을 하지 않자 도깨비가 말을 이었다.

"넌 그렇게까지 해서 사람이 되면 뭐 하려고?"

"…계속 이렇게 숨어 살 수는 없지 않겠어? 이제 남은 건 나뿐이야. 쫓기며 사는 것도 지겨워."

"뭐 그거야 그렇지만, 지금은 옛날이랑 많이 달라서 인간으로 사는 게 구미호로 사는 것보다 더 힘들걸? 아, 그리고 소문에는 몇몇이 살아남았다고는 하던데. 니가 이렇게 버틴 거보면 헛소문은 아닐 거 같네."

"살아…남아?"

일순간 두수의 목소리가 떨렸다. 동요한 듯 내 목을 조이는 손아귀의 힘도 약간 느슨해지는 것 같았다.

"응. 내가 확인한 건 아니지만. 소문엔 저기 강원도 어딘가에서 본 자가 있다고도 하고. 어쨌건 아가씨를 놔줘. 아니면 나도 너랑 싸울 수밖에 없어."

도깨비라는 남자가 주머니에서 손을 빼더니 양다리를 벌리고 섰다. 그에게서 뿜어져 나오는 쟁쟁한 기운이 나에게까지 느껴질 정도였다. 김두수는 천천히 고개를 저었다.

"먹이를 내놓는 구미호가 어디 있겠나? 사람의 간을 포기할 수는 없지."

억센 김두수의 팔이 다시 내 목을 조여왔다. 나는 숨이 막

사마란

혀 컥컥거리는 숨을 내뱉으며 발버둥을 쳤지만 강철 같은 그의 손아귀에서 벗어날 수는 없었다. 발이 공중으로 뜨는 것이 느껴졌다.

"얼른 잡아먹을 걸 괜히 데리고 노느라 시간을 허비해 버렸어."

귓가에서 들리는 그의 목소리가 야비하게 낄낄댔다. 내가 아까까지 보았던 인상 좋고 듬직한 김두수는 어디에도 없었다. 그의 가면에 속은 내가 바보 같았지만 이대로 죽을 수는 없었다. 나는 젖 먹던 힘까지 짜냈다.

"사… 살려…주…."

목소리가 나오지 않았다. 두수의 손아귀가 목을 점점 조여와 정신이 아득해지고 눈가에 눈물이 주룩 흘렀다. 살려줘…, 제발. 소리가 되지 못한 절규가 내 속을 가득 채웠다. 후회는 언제나 늦기 마련이고 하등의 소용이 없었다.

"니들이 그러고 사니까 멸족한 거라니까? 그나저나."

도깨비란 자가 고개를 돌려 문밖을 바라보았다.

"강의명. 아직 멀었어?"

"아뇨! 이제 막 다 됐어요!"

눈보라를 뚫고 젊은 여자의 목소리가 들렸다. 여자의 손에 들린 건 스케치북이었다. 도깨비는 문밖을 향해 고개를 끄덕이고는 주머니에서 작은 종이 한 장을 꺼내 들더니 두수에게 번개같이 달려들었다. 순식간에 두수의 뒤쪽으로 와 뒷무릎을 가격하자 외마디 비명과 함께 나는 내 목을 쥐고 있던 손에서 벗어날 수 있었다. 맥없이 바닥에 털썩 쓰러진 나를 향해 도깨비가 외쳤다.

"저쪽으로 피해!"

목을 부여잡고 기침을 하면서도 정신없이 기어 도깨비가 손으로 가리킨 좁은 신당의 불상 뒤로 몸을 숨겼다. 갑자기 굉음과 함께 돌풍이 불어 신당에 흩어진 잿가루가 회오리쳤다. 눈을 뜰 수 없을 정도의 바람이 사그라들고 겨우 눈을 뜨자 커다란 산처럼 버티고 서 있던 두수의 모습이 온데간데없고 커다란 은색 여우 한 마리가 있었다. 정신을 가다듬을 새도 없이 도깨비가 수인을 맺으며 여우에게 달려들었지만 여우는 사뿐히 몸을 틀어 공중으로 튀어 올라 밖으로 나갔다.

"이제 본색을 드러냈네. 나도 본색을 내보여야 싸움이 되겠지?"

도깨비 주위를 뜨거운 적색 안개가 휘감더니 서서히 평범하고 마른 편인 중년 남자에서 푸른 피부에 덩치가 큰 몸 위에 짙은 초록색 빛이 나는 갑옷을 입은 모습으로 변했다. 그 모습이 얼마나 공포스러운지 불상을 붙들고 나도 모르게 소리쳤다.

"주여!"

"신당에서 하느님 찾는 거야? 상도가 없네."

황당하다는 듯 나를 쳐다보던 도깨비가 잽싸게 여우의 뒤를 따라 나가는 모습이 보였다. 나는 불상 뒤에서 기다시피 문간으로 몸을 옮겨 밖을 내다보았다. 저 앞에서 내달리던 은색 여우는 별안간 보이지 않는 벽에 부딪히기라도 한 듯 튕겨 나왔다. 애처로운 동물의 신음이 산속에 울려 퍼졌다.

"내가 구미호를 상대하면서 결계도 안 치고 들어왔을 거 같아? 이 결계 밖으로 한 발짝도 못 나가, 너는."

도깨비가 여유롭게 웃었다. 은빛 여우는 방향을 틀어 도깨비를 향해 몸을 낮추고 주위를 어슬렁거리며 그르렁댔다. 나는 숨죽인 채 그 싸움을 지켜보았다. 눈을 감고 싶었지만, 눈을 뗄 수 없었다.

긴장감 속에서 순간 여우가 허공으로 튀어 올랐다. 맹렬한 기세로 도깨비의 목덜미를 향해 입을 벌리고 달려들었으나 도깨비는 재빠르게 몸의 방향을 틀어 피했다. 도깨비 옆을 스쳐 가볍게 착지한 여우가 아슬아슬하게 비켜 간 것이 아까운 듯 입을 쩝쩝 다셨다. 여우가 다시 공격할 준비를 하는 동안 도깨비가 고개를 양쪽으로 꺾고 어깨를 돌렸다.

"내가 싸움에는 영 소질이 없는데 말이야."

양손으로 깍지를 끼고 기지개까지 켠 도깨비가 여우를 향해 이쪽으로 오라는 듯 손바닥을 까딱였다. 여우의 눈이 푸르게 빛났다. 몸을 낮춘 여우가 이를 드러내며 그르렁대는 소리가 온 사위를 진동했다. 날이 점점 더 어두워지고 거칠게 불어대는 눈보라에 눈을 뜨고 있기도 힘든 지경이었으나 도깨비와 여우 사이의 공간은 진공상태처럼 아무것도 없는 듯했다. 한참 동안의 팽팽한 긴장감을 깨고 여우가 갑자기 튀어올랐다. 도깨비가 믿을 수 없을 정도로 빠르게 순간의 일격을 피하면서 여우의 옆구리를 휘어 감아 바닥에 내팽개쳤다. 몇 번이나 바닥을 튀어가며 굴러떨어진 여우의 신음이 산중에 메아리쳤다. 여우는 서둘러 일어서려 했지만 쉽지 않은 듯 다리가 꺾였다. 여우의 입가로 피와 침이 섞여 흘렀다.

"왜… 인간 편에 서는 거지? 너는 신이잖아."

"이승은 인간들의 것이니까. 신도 귀신도 너 같은 요괴도 인간들의 세상을 침범할 권리는 없어."

"그러는 자네는 왜 이승에서 살고 있나?"

"나는 있는 듯 없는 듯, 그냥 인간 세상에 살짝 얹혀사는 거지. 뭐, 결자해지라고 해두자고. 내 친구가 나 때문에 죽지도 못하고 천형을 살고 있거든."

"흥, 허울 좋은 핑계군. 인간을 잡아먹는 구미호나 인간을 돕는 도깨비나 이승에 관여하는 건 마찬가지."

"나는 가끔 이승에 문제가 생길 때 질서에서 벗어나지 않도록 약간의 영향력을 행사할 뿐, 너처럼 사람을 해치진 않아. 요근래 사람을 셋이나 죽였잖아. 자네는 선을 넘었어. 신들의 회의에서 자네를 인간 세상에서 격리할 필요가 있다는 결론을 내렸고 나는 그걸 행하러 왔을 뿐이야."

"웃기는군. 지들이 뭔데. 구미호 일족은 죽을 때 죽더라도 굴복하지 않는다."

네 다리에 힘을 주고 꼬리를 바짝 세운 여우가 입꼬리를 올리며 위협하듯 그르렁댔다.

"그래. 사람도 요괴도 고쳐 쓸 수 있는 게 아니지."

도깨비가 말을 마치자마자 손바닥을 뚫고 빛으로 만든 것 같은 커다란 언월도가 나타났다. 그가 양손으로 언월도를 부여잡고 휘두르자 여우는 몸을 날려 겨우 피했지만 곧바로 이어진 두 번째 칼부림을 피할 수는 없었다. 여우가 컥 소리와 함께 피를 토하며 바닥에 쓰러졌다. 도깨비가 손에 든 언월도를 거둬들이는 동시에 훌쩍 뛰어올라 그 위로 날아들며 주머니에 넣어 두었던 한자가 적힌 종이를 바닥에 쓰러진 여우의 몸에 붙였다. 여우는 뭔가에 감전이라도 된 듯 옴짝달싹하지 못한 채 고개를 쳐들었다가 힘없이 바닥에 처박았다.

"의명! 그림 줘."

문가에 서 있던 여자가 쪼르르 달려가 도깨비에게 종이를 건넸다. 쓰러진 여우는 숨을 가쁘게 쉬며 움직여 보려 했지만 움찔거리기만 한 채 점점 형체가 희미해지더니 종이가 타들어 가듯 사라졌다. 그와 동시에 도깨비가 들고 있던 종이에 그려진 여우의 형태에 사라져 가는 모습 그대로 색이 채워졌다. 여우가 누웠던 곳에 하늘하늘 재가 날리고 이윽고 아무것도 남지 않게 되었을 때 도깨비 손안에 든 그림이 완벽해졌다. 그림 속에서 받은 숨을 겨우 헐떡이는 여우의 꼬리는 여덟 개였다.

"손 시려 죽겠네. 꽁꽁 언 손으로 그림 그리느라 죽을 뻔했어요, 진짜."

의명이라는 여자가 투덜대며 도깨비의 옆으로 가 그림을 받아 들더니 한번 쓱 훑어보고는 진저리를 쳤다. 그리고 그 종이를 돌돌 말아 어깨에 메고 있던 화구함에 넣었다. 어느새 남자는 도깨비의 형상에서 평범한 중년 남자로 돌아와 있었다.

"그래도 언 손으로 그린 그림치고 잘 그렸던데. 그 눈보라 속에서 말이야."

"내가 진짜, 내 일도 아닌데 불려 와서는 산을 다 타고. 어휴, 힘들어."

"미안하다고. 근데 이건 나 혼자 할 수가 없는 일이라서."

"망자 말고 구미호를 봉인하게 될 줄은 생각도 못 했네요. 근데 이 구미호는 이제 어디로 가요? 구미호도 저승으로 보내나?"

"구미호가 저승 가서 뭐 하게. 환생할 것도 아니고. 그냥 적당한 곳에 봉인해서 잠재울 거라고 하던데? 아마, 영험한 주지스님이 있는 사찰이나 큰 나무 아래 같은 곳? 어쩌면 너희 집?"

"에엑? 우리 집에요? 어휴, 끔찍하게!"

의명의 고함에 재미있다는 듯 낄낄대는 남자는 이상하게

사마란

아까보다 열 살은 젊어 보였다. 의명은 개의치 않고 계속 볼멘소리를 했다.

"아, 낮은 산이라면서요. 이렇게 힘든 산인 줄 알았으면 안 따라왔어."

"운동 좀 해서 체력을 길러. 이 일에도 체력은 필수야. 너 때문에 늦을 뻔했다구. 조금만 더 늦었으면 저기 저 아가씨 이미 구미호한테 잡아먹혔을걸?"

그들이 그제야 내가 생각났다는 듯 내가 있는 신당 쪽을 바라보았다. 나는 기절하기 일보 직전의 정신을 겨우 붙들고 하얗게 질린 채 바들바들 떨고 있었다.

"좀 괜찮아요? 일어설 수 있겠어요?"

의명의 질문에 나는 겨우 고개만 끄덕였다. 정신없이 몰아치던 눈보라는 어느 결에 사그라들고 컴컴하던 날씨도 조금씩 개고 있었다. 도깨비가 성큼성큼 안으로 들어오더니 작은 종이 한 장을 내밀었다. 처음 보는 이상한 글씨가 적힌 부적 같은 종이였다. 원과 곡선이 섞인 부적은 글자라고 하기엔 그림 같기도 하고 살면서 한 번도 본 적이 없는 문양이었다.

"다친 쪽 양말 속에 넣어봐. 일시적으로 통증을 조금 가라 앉혀 줄 거야. 그렇다고 낫는 건 아니니까 내려가서 병원은 꼭 가보고."

나는 고개를 끄덕이고 신발 끈을 풀려 했으나 손이 덜덜 떨려서 마음대로 되지 않았다. 의명이 다가와 손을 호호 불어가며 끈을 풀고 양말 안으로 종이를 넣어주었다. 그리고 부스럭거리며 가방을 풀더니 따뜻한 차를 한 잔 따라 내밀었다. 김이 모락모락 올라오는 컵을 잠시 바라보다 작게 고개를 끄덕여 감사를 표하고 받아 들었다. 따뜻한 차를 마시니 추위가 조금 가시고 긴장이 풀린 듯 그제야 눈물이 뚝뚝 흘렀다.

"가… 감사합니다. 구해 주셔서."

뒤늦은 인사였지만 진심이었다. 이상한 사람들이지만 이 두 사람이 아니었다면 나는 이미 김두수에게 간을 내어주었을 터였다.

"큰일 날 뻔했네요. 암튼 이불 밖은 위험해. 특히 겨울엔."

의명이 고개를 저으며 말했다. 도깨비는 담배를 꺼내 물고 불을 붙이더니 나를 바라봤다.

"올라가면서 이상한 노인네들 안 만났어? 쟤가 본가에서 오는 걸 기다리다 좀 늦을 거 같아서 주술 인형들을 먼저 보냈는데."

나는 등산로 초입에서 만난 이상한 노부부를 떠올렸다. 어딘가 어색했던 그 노인들은 빠른 걸음으로 내려오면서도 전혀 숨을 헐떡이지 않았다. 주술 인형이란 단어를 듣고 보니 그 이질감을 이해할 수도 있을 것 같았다.

"만나긴 했는데…."

"하긴 구미호 꼬임에 넘어갔는데 그깟 노인네들 경고 따위가 귀에 들어올 리 있나. 구미호는 예나 지금이나 사람 홀리는 데에는 선수라서. 신이 될 수도 있는데 못된 심보랑 욕심 때문에 요괴로 사는 종족이야, 그들이."

의명이 자신도 차를 한 잔 따라 호로록거리며 도깨비를 바라보았다.

"여기도 저승과 이승이 겹친 곳이에요?"

"응. 구미호도 그걸 알고 여기까지 기어들어 왔겠지."

"근데 여긴 어떻게 들어온 거래요? 이 신당 만신님이 요망한 것들 못 들어오게 주변에 넓게 결계를 쳐놓으셨다면서요."

"결계 때문에 요괴는 못 들어오지만 사람은 들어올 수 있거든. 저 아가씨가 먼저 들어오면서 결계가 깨졌을 거야."

"아. 그래서 아까 아저씨도 나 먼저 들여보내셨구나?"

"그건 아니고. 나는 요괴 아니고 신이라니까? 혹시 위험한 게 있을까 봐 너 먼저 들여보냈지."

"뭐라고요?"

의명이 마시던 차를 내려놓으며 꽥 소리를 지르자 도깨비가 뒷걸음질을 치며 웃었다. 이상하게도 의명과 옥신각신하며 키득거리는 도깨비의 얼굴은 아까보다 더 어리게 보여 의명의 동생이라 해도 납득할 수 있을 것 같았다. 도저히 아까 그 무시무시한 푸른 피부의 괴물과 같은 존재라는 게 믿기지 않았다. 나는 구미호에게 홀린 것처럼 도깨비에게도 홀리는 건 아닐까 덜컥 겁이 났다. 김두수가 구미호고 저 남자가 도깨비라면 의명은 뭘까 궁금했지만 묻기도 전에 도깨비가 성큼성큼 걸음을 옮겼다.

"빨리 내려가자고. 한참 내려가야 하니까."

"아, 힘들어 죽겠네."

의명이 도깨비를 따라 밖으로 나갔다. 나도 다른 방법이 없으므로 그들을 따라 걸어 내려가기 시작했다. 신기하게 아까 다쳤던 다리의 심한 통증이 느껴지지 않아서 걷기 수월했다. 신당에서 몇 미터 떨어진 곳에 도착하자 도깨비가 바닥에 그려진 기묘한 문자 같은 것을 발로 툭 차서 지웠다.

"와, 신기하네요. 이 문자 몇 개로 구미호를 가두다니. 아저씨 생각보다 할 줄 아는 게 많구나?"

"다시 말해야 해? 나는 신이라니까."

"나보다 힘도 세겠네. 그럼 가방이라도 들어주시지, 다친 사람이 들고 걷게 해요?"

의명이 내 가방을 빼앗듯이 가져가 도깨비에게 던졌다.

"싫어."

"아, 쫌! 그럼 이걸 내가 들어요?"

도깨비가 못 이기는 척 내 가방을 짊어지고는 의명과 아웅다웅 길을 내려갔다. 조금 더 걸어가니 아까 그 연두색 칠이 군데군데 벗겨진 오래된 철조망이 나왔다. 김두수와 지나온 개구멍에 몸을 굽혀 밖으로 나오자 저 안에서 겪은 일들이 꿈만 같았다.

내가 소스라치게 놀란 것은 아까는 작고 허름했던 출입금

사마란

지 팻말이 황당하게도 붉은 글씨가 위협적으로 박혀 있는 아주 커다란 팻말이었다는 사실이었다. '출입금지구역'이라고 적힌 붉은 페인트 글씨 아래로 핏물 같은 녹이 흘러내려 섬뜩하기 짝이 없었다. 이게 조금 전에는 그렇게도 허술하고 별것 아니게 보였다는 걸 믿을 수 없어서 눈을 깜빡여 가며 몇 번이나 다시 보다 두 사람의 재촉에 겨우 돌아섰다.

우리가 산에서 내려와 버스 정류장에 도착했을 때는 벌써 어두운 밤이었다. 벌써 시간이 이렇게 지났다니 정말 뭐에 홀린 것 같은 기분이었다.

"고맙습니다."

나는 뒤돌아서는 두 사람에게 다시 한번 인사를 했다. 그리고 머릿속에서 자꾸 떠오르는 질문을 던졌다.

"네⋯. 그런데, 정말로 도깨비⋯이신 거예요?"

"눈으로 보고도 안 믿기죠? 이해해요."

"그럼 그쪽은⋯?"

"아. 저는 어쩌다 보니 이 세상의 질서를 바로잡는 걸 도와주는 일을 하게 됐어요. 운명처럼? 도깨비나 구미호는 그래도 귀여운 축에 속해요."

의명의 말이 끝나자 도깨비가 나섰다.

"월영시에서 금지구역이라고 표시된 곳은 절대 들어가지 말길 바라. 이 도시는 이상한 것들로 가득한 곳이거든. 앞으로도 목숨을 부지하고 싶다면 잊지 마."

"너무 겁먹진 마요. 월영시도 다 사람 사는 세상이니까."

의명은 배시시 웃으며 말했지만 나는 확실히 겁을 먹었다. 살면서 이런저런 금기를 어기는 것에 대해 너무 안일했다는 생각이 들었다. 누군가 하지 말라고 하는 것에는 반드시 이유가 있다. 때로는 그 금지된 것을 행하는 일에 하나뿐인 내 목숨을 걸어야 할지도 모르는 일임을 우리는 모르는 채 이 세상을 살아가고 있는 것일지도 모른다.

"도깨비 아저씨가 말한 것처럼 금지구역에는 절대 들어가지 마시고 의심스러운 사람이 있거들랑 절대 엮이지 마세요. 이상한 걸 목격하시면 모른 척하시고요. 얽혀서 좋을 거 하나 없으니까. 그런데도 혹시 무슨 일이 있으면 노깨비 복덕방으로 오시면 돼요. 어딘지 아시죠?"

둘은 망연자실한 나에게 등을 돌리고 걸었다. 도깨비가 몇 걸음 가던 길을 멈추고 뒤를 돌아보더니 나를 향해 검지를 들어 입술에 대었다.

"이 이야기는 누구에게도 하지 않는 게 좋아. 믿을 사람도 없겠지만 말이야."

"아, 발목 치료는 꼭 받아요. 그 종이는 금방 효과가 사라질 거니까."

의명이 나를 향해 손을 흔들었다. 그리고 어둠 속으로 빠르게 사라졌다.

이상한 사람들이었다. 그리고 참 이상한 날이었다. 모두

사마란

한참이 지나 몇 번을 곱씹어 생각해 봐도 꼭 꿈만 같았다.

  그날 이후 나는 등산 동호회를 그만두었다. 다시는 산에
오르고 싶은 생각이 들지 않아서였다. 동호도 미영이도 관심
밖으로 사라졌다. 죽음의 문턱에서 겨우 살아 돌아오고 나니
세상이 다르게 보이는 기분이 들었다. 나는 계속 PT를 하며
체력을 단련하고 열심히 일을 했다. 열심히 살다가 언젠가 그
두 사람을 다시 만나게 되면 그 이상했던 날에 정신없어서 물
어보지 못한 것들을 물어보고 싶다.

  당신들은 어떤 일을 하는지. 누구를 위해 일을 하는지. 월
영시에 사는 이상한 것들은 대체 어떤 것들인지 말이다.

관계자 외 출입금지

이수아

"지금도 밤이 되면 그네가 흔들려."

여덟 살 여리는 친구 송아의 빨간 입술에 홀린 듯 가만히 듣고만 있었다.

"흔들, 흔들. 이렇게."

송아는 입술을 부지런히 움직였다. 여리는 친구의 입술에서 당장이라도 시뻘건 핏물이 솟구쳐 나올 것 같아 구역질이 올라왔다.

"그만해."

"무섭지?"

"아니."

여리는 샐룩해졌다.

이수아

사실은 무서웠다.

"그건 바람 때문이겠지."

"바람이랑 상관없어. 공포소년이 실험했다니까. 볼래?"

"싫어."

하지만 송아는 여리의 의사와 상관없이 유튜브 동영상을 재생했다. 여리는 귀를 막으며 고개를 돌렸지만, 곁눈질로 영상을 쳐다봤다. 눈을 뗄 수 없었다. 너무도 낯익은 건물이라서, 폐허 속으로 거침없이 들어가는 유튜버가 걱정되어서 자꾸만 몸이 휴대전화와 가까워졌다.

—대한민국 3대 폐가, 월영유치원입니다. 밤이 되면 정말 그네가 움직이는지 알아보겠습니다. 지금 이 풍향계 보이시죠? 풍속은, 풍속은 약간 실바람이 불지만 풍향계는 안 움직이거든요? 이러면 0.3m/s에서 1.5m/s라고 합니다. 이 휴지·보이시죠, 안 움직이는 거. 자, 그럼 정말 그네가 움직이는지 확인해 보겠습니다.

여리는 침을 꼴깍 삼켰다. 늘 엄마는 유치원 앞으로 못 다니게 했다. 친구들과 어울려 지나갈 때마다 매번 혼났다. 그 길이 더 빠르다고 우겨봤지만 소용없었다. 그곳의 모습이 가물가물해졌다고 생각했지만 영상을 보니 아니었다. 유치원 울타리 사이로 엿보던 모습과 다름이 없었다.

—아직 아무런 미동이 없는데.

영상 속 유튜버는 당황한 표정이었다.

"거 봐, 없다니까."

여리는 마음을 놓으며 숨을 내쉬었다. 그네가 그 말을 기다렸을까? 갑자기 영상 속 그네가 흔들리기 시작했다.

끼이익— 끼이익—.

뻣뻣하게 굳은 노인의 관절처럼 그네가 움직였다.

"으아아악!"

두 소녀는 휴대전화를 집어 던지고 요란을 떨었다. 방 밖에서 소리를 듣고 여리 엄마, 경선이 문을 열었다.

"무슨 일이야?"

엄마 소리에 정신을 차린 여리가 차분하게 대꾸했다.

"아니. 송아가 무서운 거 보자고 해서."

경선은 바닥에 내동댕이쳐진 송아의 휴대전화를 집어 들었다. 영상 속 유치원은 낯이 익었다. 그곳이었다. 손에 뜨거운 것을 쥔 것마냥 서둘러 송아에게 건넸다.

"보지 마, 이런 거."

퉁명스럽게 말이 나왔다.

풀이 죽은 아이들은 들릴 듯 말 듯 대답하며 고개를 끄덕였다.

'관계자 외 출입금지'라고 쓰여 있는 플라스틱 푯말도 세월에 으스러진 이곳은 한때 월영유치원이었다. 사람들의 발길이 끊어진 지 5년이나 흘렀다.

157   이수아

굳게 닫혀 있는 정문 너머의 넓은 마당에는 아무렇게나 자란 잡초들이 뒤엉켜 있었다. 망초대, 강아지풀, 쇠풀 등이 죽은 자리에서 해마다 다시 자랐다. 빈 흙바닥이 보이지 않을 정도로 서로 뒤엉킨 채 촘촘히 자리 잡았다.

그곳을 가만히 보고 있으면 숨은그림찾기를 하는 것처럼 곳곳에 널브러져 있는 동물 사체들을 찾아낼 수 있었다. 듬성듬성 죽은 쥐가 보였다. 노란 민들레꽃 군락에는 잠든 것처럼 고요한 표정으로 고양이가 죽어 있었다. 누군가 담 안으로 던져버린 것 같았다. 찢긴 뱃가죽 안에는 내장들이 튀어나와 심드렁하게 바닥에 널려 있었다. 내장 사이의 피는 진흙처럼 굳어버렸고, 그 누런 털의 절반은 핏덩이에 눌어붙어 있었다. 핏덩이와 엉킨 민들레 씨앗의 솜털은 검붉게 변했다. 저 씨앗이 터져 민들레꽃을 피운다면 검붉은 꽃잎으로 피어나도 이상할 것 없어 보였다.

고개를 돌려 감나무의 도톰한 이파리가 떨어지는 곳에는 몸통이 잘린 비둘기 대가리만 수북했다. 얼핏 봐도 여남은 개는 되어 보였다. 누군가의 괴벽인지, 어느 동물의 사냥 실력인지 도대체 알 수가 없었다.

찢기고 빛바랜 폴리스라인 비닐 조각들이 스산하게 나뒹굴었다. 그것들이 아니었다면 이곳이 폐허인지, 사건 현장인지 분간이 어려웠으리라. 거센 바람이 불면 녹이 슬고 페인트가 벗겨진 시소가 음산한 울음소리를 냈다.

　　　관계자 외 출입금지

올가미처럼 유치원 외벽을 감싸고 있는 덩굴손이 그 대문을 단단히 묶어버렸다. 한때는 아이들의 웃음소리로 가득 찼었을 이곳은 이제는 야생 동물들의 무덤이 되었다. 경찰의 쳐놓은 금줄 안으로 들어오는 사람은 아무도 없었다.

소문의 시작은 그 사건이었다.

5년 전 환갑을 앞둔 유치원 원장이 빨간 끈으로 목을 맸다. 유치원 마당의 그네에 달랑달랑 흔들리는 것을 새벽배송 택배기사가 발견했다. 겁에 질린 택배기사는 단발의 비명을 지르고 쓰러졌다. 그 비명 소리를 들은 주민들 몇몇이 밖으로 나왔다가 112에 신고했다. 유치원은 사건 현장이 되어 출입금지 푯말이 붙었다.

영문도 모르고 출근한 유치원 교사들도 출입금지 대상자였다. 불시에 직장을 잃었다는 상실감을 느끼기도 전에 원장에 대해 진술도 해야 했다. 그들은 추위에 떠는 병아리들마냥 한곳에 뭉쳐 있었다. 때때로 훌쩍였다. 우리 중 누군가가 목격자가 되지 않은 것에 감사할 뿐이었다.

"그런데 애들은 어떻게 하죠?"

누군가가 말했다. 문제는 아이들의 등원이었다. 교사들은 공포에 바들바들 떨면서도 학부모들에게 연락을 돌렸다. 불미스러운 사고로 인해 현재 등원할 수 없다는 문구를 썼다가, 원장의 죽음을 알려야 하지 않겠냐는 내용이 추가되었고, 등원 재개는 알 수 없다는 내용까지 추가되었다. 그사이 자차로

159   이수아

유치원에 아이를 등원시키려는 부모들이 도착했다. 현장을 빠져나가는 구급차와 일방통행으로 들어온 학부모 차량이 잠시 뒤엉키기도 했다.

이사장으로 불리던 남편이 필리핀 골프 여행 중이라 장례식은 이틀이나 미뤄졌다. 그사이 수사도 종결되었다.

경찰은 더 조사할 것도 없이 자살로 결말지었다. 원내 CCTV는 그날 원장의 모든 것을 녹화하고 있었다. 오후 5시, 원장은 창고에서 빨간 끈을 꺼내 들었다. 오후 6시, 마당의 그네 앞에서 한참을 서성였다. 그네에 앉아 발을 구르기도 했다. 오후 7시, 그녀는 그네 위로 올라갔다. 빨간 끈을 그네를 지탱하는 철봉에 두르고, 목에 감았다. 그리고 뛰어내렸다. 아동 학대 혐의로 수사 중이던 그녀가 신변을 비관하고 세상을 떠난 것이다.

아내의 장례식이 끝나자마자 이사장은 유치원을 부동산에 내놨다. 누가 돈만 보고 그 건물에 들어오겠냐며 혀를 찼지만, 장사꾼들의 셈법은 달랐다. 급매라 시세보다 낮았다. 워낙 시세가 낮아 몇몇은 눈독을 들인 것 같았다.

"액땜하는 셈 치고, 굿이나 하지. 그래도 남는 장사야."

하지만 그들도 결국 등을 돌렸다.

그날 밤, 술에 취한 이사장은 유치원으로 향했다. 목격자의 진술에 따르면 그는 누군가와 대화를 나누듯 중얼거리며 걸어갔다고 했다. CCTV에 녹화된 모습을 확인해 보니, 그는 마당에 도착하자 그네 앞에 무릎을 꿇고 앉았다. 한참을 그 자세로 있다가 천천히 일어섰다. 아내가 사용했던 것과 똑같은 붉은 끈을 꺼내 들었다. 그는 웃고 있었다. 그네 위로 올라가 끈을 묶는 내내 입가에는 미소가 번져 있었다. 새벽 순찰 중이던 경찰이 아내가 죽은 그 자리에 붉은 끈으로 목을 매단 채 흔들리는 이사장을 발견했다.

연거푸 자살 사건이 일어나자 사실을 확인할 수 없는 소문들이 퍼져나갔다. 빨간 끈이 사실 흰색이었는데 끈이 목을 파고들면서 피가 흘러 붉어졌다는 소문, 얼마 후 목격자였던 택배기사가 월영교를 들이박고 추락사했다는 소문도 퍼졌다. 택배 트럭 블랙박스에는 원장 귀신이 찍혀 있다고 했다. 그 영상을 본 경찰이 혼수상태에 빠졌다는 근거 없는 소문까지 나돌았다. 추후 확인해 보니 택배기사가 사망한 것은 안타깝게도 사실이었다.

소문이 무성해질수록 폐허가 된 유치원은 귀신 들린 건물이라는 유명세를 치르며 여전히 주인을 기다릴 뿐이었다. 원장에게는 큰아들, 작은딸 이렇게 두 명의 남매가 있었는데 사고 이후 한 번도 한국에 들어오지 않았다고 했다. 건물 매매는 먼 친척과 부동산에 위임했다. 그러니 돌보는 사람이 없는 건물은 나날이 동네 흉물이 될 뿐이었다.

외출하고 돌아온 경선은 식탁까지 무슨 정신으로 왔는지

이수아

기억이 나지 않았다. 허겁지겁 방문을 닫고 도망치듯이 왔다. 평범한 오후의 일상을 누군가 짓이겨 밟고 지나간 것처럼 헤진 마음이 너덜거렸다.

3년 전, 사건 현장을 지나던 그날이 떠올랐다. 시신이 수습된 후였지만 그네에 매달려 나부끼던 붉은 끈이 생생하게 떠올랐다. 붉은 실뱀처럼 공중에서 흐느적거리던 그 불쾌한 느낌이 지금 목덜미를 서늘하게 조여 왔다. 손끝이 차가웠다. 입안이 바짝 말랐다. 알고 지내던 사람이 죽었다고 하니 기분이 묘했었다. 원장이 어떤 자세로 그네에 매달려 있었을지 눈에 선했다. 고개가 꺾여 있었을까, 혀를 내밀고 있었을까. 상상하고 싶지 않은데 자꾸만 떠올랐다. 심장이 불규칙하게 뛰었다. 손바닥에 땀이 배어 나왔다. 경선은 식탁 모서리를 꽉 움켜쥐었다. 그러지 않으면 무너질 것 같았다.

곧장 폐쇄된 유치원을 바라보며 수군거리던 마을 사람들의 말들도 생생하게 귓가에 맴돌았다. 그들은 아동 학대, 영아 사망, 소송이라는 말들을 한없이 가볍게 입에 올렸다. 현기증이 났다. 경찰차 사이렌 소리에 눈앞이 아득해졌었다. 잊으려 할수록 선명해지는 사건 현장을 지날 때마다 마치 어제 일처럼 생생하게 떠올랐다.

오늘따라 침대도 편치 않았다. 남편은 몇 번이고 뒤척이던 아내 때문에 깊이 잘 수가 없었다. 경선도 그것을 모르지 않았다. 결국 침대에서 나왔다.

"어디 가?"

"여리 방에."

"혼자 잘 자는데 왜."

남편이 경선의 허리를 안고서 늘어졌다.

"그냥."

경선은 그의 손을 풀어버리고 방을 나섰다.

여리는 자고 있었다. 경선은 좁은 침대에 몸을 모로하여 누웠다. 작은 손은 잠결에도 엄마 손을 꼭 잡아 쥐었다. 그녀도 맞잡았다. 놓치면 안 돼. 출산 이후부터 그녀를 찾아온 강박이었다. 내 몸으로 낳은 내 몸. 한 몸에서 두 개의 심장이 뛰던 시절에 만들어진 보호 본능. 그리고 약점이 되었다. 누군가 이 작고 어린 것을 해칠까 봐 늘 노심초사했다. 이렇게 불안한 마음이 들 때면 아이의 손을 잡고 잠을 청했다.

겨우 잠들었지만, 오늘따라 꿈도 편치 않았다. 경선은 꿈 속에서 아이의 울음소리를 쫓아 달리고, 또 달렸다. 그 끝은 결국 월영유치원이었다. 폐허가 되기 전의 모습이다. 익숙한 장소다. 고민도 없이 출입문을 열고 들어가서 미닫이문을 열고, 미닫이문을 열고, 또 미닫이문을 여는데 여전히 문이다. 이제 문 너머의 울음소리는 극으로 치닫고 있었다. 저렇게 놔 뒀다가는 아이가 탈진할 것 같았다. 문을 열었지만 또다시 문. 위험에 처한 제 아이를 구해야 하는 어미에게 절망은 사

이수아

치다. 우선 아이를 꺼내야 한다. 더 이상 문을 열 수 없을 정도로 지쳤을 때, 마지막 문이 열렸다. 놀이 블록 앞에서 등을 돌리고 울고 있는 모습이 영락없는 내 아이였다. 머리칼만 봐도, 앉아 있는 뒤태만 봐도 엄마라면 알 수 있다.

"엄마, 여깄어!"

아이를 안심시키기 위해 목청껏 불렀다. 아이는 울음을 그치더니 천천히 뒤를 돌았다.

"엄마?"

아이의 몸에 늙은 원장의 얼굴이 달려 있었다.

"엄마!"

활짝 웃는 원장의 누런 앞니에는 핏자국 같은 붉은 립스틱이 범벅이었다. 목에는 그네에 달린 붉은 끈을 묶은 채였다.

경선은 비명을 지르며 꿈에서 깼다. 다행히 꿈에서만 소리를 질렀던 것이라 여리는 잠에서 깨지 않았다. 식은땀을 손등으로 닦아냈다. 여리의 작은 손을 다시 잡았다. 따뜻했다. 어느 부모가 그렇듯이 세상의 좋은 것만 보여주고 싶었다. 그래서 뉴스도 보여주지 않는다. 살인, 자살, 성폭행, 아동 학대라는 말뜻을 물어볼까 봐 조마조마했다. 내 아이는 영원히 이런 것들을 몰랐으면 좋겠지만, 부모가 직접 말해 주지 않아도 세상은 아이들에게 온갖 범죄를 알려준다. 예방 캠페인이라는 미명 아래. 경선은 뒤척이는 여리에게 이불을 덮어주고 방을 나왔다.

관계자 외 출입금지

여리는 송아와 함께 월영유치원 앞에 섰다. 어제 유튜브 동영상에서 본 것보다 더 어둡고 낡았다. 무섭지는 않았다. 오히려 호기심이 일었다. 밝은 대낮인데도 어둠에 잠겨 있는 실내 공간이 궁금해졌다.

"들어가 볼까?"

이미 여리는 반쯤 열린 대문 틈으로 몸을 밀어 넣고 있었다. 송아가 서둘러 팔을 잡았다.

"야아, 안 돼!"

"궁금하다며?"

철제 대문 틈에 끼인 채 엉거주춤한 모습으로 여리가 대답했다. 송아가 겁먹을 줄 몰랐기 때문에 당황스럽기도 했다. 실망도 했다. 여리는 어제 공포소년 동영상을 본 후로 궁금했다. 정말 귀신이 있을지. 귀신이 없다는 것을 증명하고 싶기도 했다.

"와보고 싶다며? 너 때문에 여기까지 왔잖아. 들어가 보자."

"그러다 진짜 귀신 만나면 어쩌려고?"

"인증샷 찍어야지."

여리는 당차게 말했다. 눈동자는 흑요석처럼 빛났다. 놀이동산에 입장하는 것처럼 들뜬 그 모습이 송아 눈에는 생경했

이수아

다. 그래서 절레절레 고개를 흔들었다. 귀신이 무섭다며 먼 길로 돌아가고, 동영상도 안 보겠다던 친구가 갑자기 폐가에 들어가겠다니, 귀신이라도 들린 것일까? 시소가 바람을 태우고 흔들리는 스산한 소리에 소스라치게 놀랐다.

"다음에."

"다음? 다음은 없어."

여리는 그 말을 남기고 안으로 들어갔다. 송아는 도저히 따라 들어갈 엄두가 나지 않았다. 시뻘건 노을이 지는 중이라 친구가 마치 불 속으로 들어가는 것 같았다. 영영 돌아오지 않아도 이상할 것 없는 장면이었다.

여리는 목재로 된 노란 현관문을 열었다. 초록색으로 '환영합니다'라고 적힌 글자들은 이미 그림자처럼 희미해졌지만. 현관 양옆으로는 다섯 칸이나 되는 신발장이 있었다. 구름 모양의 이름표들에는 이름이 적혀 있었다. 그곳에는 주인 잃은 실내화들이 먼지를 품은 채 나뒹굴고 있었다. 어느 칸에는 한 짝만, 어느 칸에는 세 짝이, 어느 칸에는 서너 켤레가 우겨져 들어가 있었다.

보통 아이들이라면 여기까지 호기롭게 들어왔더라도 그냥 돌아섰을 것이다. 그러나 여리는 멈추지 않았다. 이상했다. 이곳에 처음 온 것이 맞는데 낯설지 않았다. 신발장의 위치도, 복도의 길이도, 벽에 붙은 동물 스티커들도 익숙했다. 마치 오래전부터 이곳을 드나들었던 것처럼. 꿈에서 봤나? 아

관계자 외 출입금지

니면 엄마가 말해 주셨나? 기억나지 않았다. 자신도 모르게 복도 끝을 향해 걸어갔다. 마치 누군가 손을 잡고 이끄는 것처럼.

미닫이문은 한 손으로 잡았다. 쉽게 열릴 줄 알았는데 오히려 여리가 튕겨 나갔다. 두 손으로 밀어도 좀처럼 움직이지 않았다. 말라비틀어진 문은 움직일 기미가 보이지 않았다. 이번에는 오른발로 문 아래를 몇 번 치고 다시 문을 여니 겨우 지나갈 정도만 열렸다.

실내는 유난히 어두웠다. 다른 건물들의 그늘에 가려져 안으로 들어오는 빛이 없었다. 스산했다. 여리는 전등 스위치를 켜봤지만 소용없었다. 다행인 것은 실내 구조가 익숙하다는 점이다. 신발장에서 왼쪽으로 돌아서 긴 복도를 따라갔다. 오른쪽의 방 두 개를 지나자 2층으로 올라가는 계단이 나왔다. 머릿속에 있는 유치원의 지도와 똑같았다. 그것이 어떻게 머릿속에 들어왔는지는 알 수 없다. 대부분의 유치원 내부 구조가 비슷해서일까? 우연의 일치일까? 2층에서 불어오는 바람에 휘감기듯 계단을 올라갔다.

2층에 도착하자 눈이 부셨다. 붉은 석양빛이 큰 창을 통해 들어왔다. 실내가 온통 붉게 물들었다. 아름다웠다. 여리는 창문으로 달려가 건물 사이로 넘어가는 석양을 넋 놓고 바라봤다.

"예뻐?"

여자아이 소리였다. 여리는 송아가 뒤늦게 따라 들어왔나 싶어서 돌아봤다.

"어?"

대여섯 살로 보이는 아이가 월영유치원 체육복을 입고 서 있었다.

"너 여기 다니니?"

"응."

"거짓말! 언니한테 거짓말하면 안 돼. 여긴 문 닫았어."

"아니야!"

"나가자. 여긴 위험해."

"싫어."

아이는 악을 쓰더니 뛰쳐나갔다. 여리는 모르는 척할 수 없어 쫓아 나갔다. 아이는 복도에서 오른쪽으로 꺾더니 사라졌다. 어디에 숨었는지 아이의 발소리가 들리지 않았다.

"너 어딨어? 야!"

대답도 없었다.

"꼬마야!"

혹시 밖으로 나갔을까 싶어서 1층을, 현관을, 고양이 시체가 나뒹구는 마당을 가로질러 달렸다. 벌써 대문을 빠져나갔을까?

"여리야!"

자신을 부르는 소리에 돌아보니 쪼그려 앉아 있던 송아가

　　　　　관계자 외 출입금지

막 일어나고 있었다.

"꼬마 못 봤어? 여기서 나온?"

"아니."

"이상하다."

여리는 유치원 안에서 만난 꼬마에 대해 말해 줬다. 월영
유치원 체육복을 입고 있었던 아이에 대해.

"귀신 아냐?"

송아는 몸에 소름이 돋아 두 팔로 몸을 감싸면서 말했다.

"내가 귀신이랑 사람도 구별 못 할까 봐?"

"그럴 수도 있지. 우린 본 적 없으니까."

"확실히 귀신은 아니야. 피도 안 흘리고, 둥둥 떠다니지도
않고. 한복도 안 입었어."

여리는 힘차게 고개를 끄덕였다. 확실했다.

"안 가고 나 기다린 거야?"

"응. 소리 지르면 119에 신고하려고."

"진짜 귀신이었을까?"

"야―아―. 아니라며. 무섭게 왜 그래?"

"갑자기 사라지잖아. 귀신처럼."

"잘못 본 거야."

"인증샷 찍을걸. 그럼 확실하잖아. 귀신은 사진에 안 찍힌
다고 했어."

"왜 안 찍혀. 심령사진이 얼마나 많은데."

이수아

"그러네."

"귀신 이야기 그만해. 자기 이야기하면 따라온대."

여리는 송아 말에 동의할 수 없었다.

"그럼 공포소년은 만날 귀신이 따라오겠네?"

여리의 주장에 송아는 마땅한 대답을 찾지 못했다.

유튜브에 접속하면 온갖 귀신 이야기가 나온다. 동영상을 보면 각종 기이한 일들도 많다. 대부분 조작이겠지만 몇몇 동영상은 진짜 귀신처럼 보여 오싹했다. 시무룩하게 있던 송아가 반박했다.

"공포소년 구독자가 30만 명인데, 귀신이 30만 명이나 되냐? 이거 봐. 조회 수 78만이야. 그럼 78만 명이 봤다는 건데, 그 사람들한테 귀신이 다 나타나? 이 세상에 그렇게 귀신이 많아?"

송아의 말은 제법 논리적이었다.

여리도 지지 않았다.

"죽은 사람은 다 귀신이 되니까, 원시인부터 치면 셀 수 없이 많을걸?"

"그래도 그렇지."

"그럼 넌 귀신 안 무서워?"

"무섭지. 근데 말이 안 되잖아."

두 아이는 유치원을 벗어나 집으로 가는 길 내내 귀신 이야기를 멈추지 않았다. 무섭다고 하면서도, 없다고 하면서도,

관계자 외 출입금지

결국 둘 다 귀신에 사로잡혀 있었다.

———

아침부터 비가 왔다. 여리는 우산을 쓰고 학원에 가는 길이었다. 월영유치원을 지나다 무심코 고개를 들었을 때, 2층 창문 너머로 작은 그림자가 보였다. 빗줄기 사이로 흐릿하게 보이는 얼굴. 지난번에 만난 그 꼬마 같았지만 확실하진 않다. 송아 말대로 귀신일 수도 있다.

여리는 서둘러 발길을 돌렸다. 피아노 학원에 늦으면 안 된다. 그런데 귀신이라면 낮에 안 보이는 게 정싱 아닐까? 귀신이 아니라 엄마를 잃어버린 아이라면 어쩌지? 여리는 가던 발을 멈췄다. 천천히 고개를 돌려 아이를 찾았다. 꼬마는 여전히 그 자리에 서서 손으로 창문을 짚고 있었다. 빗방울이 유리창을 타고 흘러내렸다. 아이의 입이 움직였다. 무슨 말을 하는 것 같았다.

언니, 같이 놀자.

그 목소리가 빗소리를 뚫고 귓가에 스며들었다. 여리는 우산을 쥔 손에 힘을 주었다. 발이 저절로 움직였다. 유치원 대문 쪽으로, 그 아이가 있는 곳으로. 여리는 결국 유치원 안으

이수아

로 들어갔다. 복도를 따라 걷자, 젖은 운동화가 바닥에 물 자국을 남겼다.

2층에 도착했다. 창가에 그 꼬마가 등을 보이고 서 있었다. 여전히 창문에 손을 대고 있었다. 빗방울이 유리를 타고 흘러내리는 것을 가만히 보고 있었다.

"너…"

여리가 부르자 꼬마가 천천히 돌아섰다. 얼굴에는 미소가 번져 있었다.

"왔네."

꼬마가 말했다. 그리고 가까이 오라고 손짓했다. 여리는 교실 안으로 들어갔다. 먼지 쌓인 책상 두 개가 마주 보고 있었다. 꼬마가 먼저 앉았다. 여리도 마주 앉았다.

"왜 여깄어?"

여리가 걱정스럽게 물었다.

"언니 기다렸어."

"내가 언제 올 줄 알고. 그리고 여기 들어오면 안 돼. 귀신 나와."

"귀신?"

"그래, 귀신. 난 여리. 넌 이름이 뭐야?"

꼬마는 대답하지 않았다.

"어디 살아?"

역시나.

　　　　관계자 외 출입금지

"여긴 귀신 나오는 유치원이니까 언니랑 나가자."

"…집이 없어, 나는."

그 말이 여리의 마음을 아프게 했다. 혼자 있었구나. 이런 경우 경찰이나 어른들의 도움을 받아야 한다는 것은 알고 있다. 우선 집에 데려가면 엄마가 경찰서로 데려다주실 것이라고 생각했다. 그 전에 따뜻한 밥도 주고, 씻겨주고, 깨끗한 옷도 입힐 수 있을 것이다.

"일단 우리 집으로 가자."

여리의 말에 꼬마의 눈이 커졌다.

"정말? 가도 괜찮아?"

"그럼."

처음으로 꼬마의 얼굴에 미소가 생겼다. 그 미소는 여리에게도 전염되었다. 이름도 모르고 사는 곳도 모르는 꼬마지만 이렇게 무해하게 웃는 얼굴을 보니 돕길 잘했다는 생각이 들었다. 엄마에게 혼날지도 모르겠지만.

———

"여리, 학원 안 갔어요? 집에도 안 왔는데…."

경선은 피아노 학원 교사와 통화하면서 시계를 봤다. 5시에 수업 시작인데 벌써 20분이나 지났다.

"네, 알겠습니다."

이수아

서둘러 전화를 끊고 딸에게 전화를 걸었다. 전원이 꺼져 있었다. 그때부터 마음이 급해졌다. 설마? 아니야. 아닐 거야. 하지만 머릿속은 뉴스에서 봤던 흉흉한 사건들이 채워졌다. 송아에게, 송아 엄마에게, 민정 이모에게 전화를 걸어봤지만 아무도 딸의 행방을 알지 못했다. 송아 말로는 피아노 학원 늦었다고 삼각김밥도 안 먹고 뛰어갔다고 했다. 남편에게 전화를 걸어볼까 했지만, 여리는 소소한 일로 아빠에게 전화를 걸지 않는다. 학교, 학원의 모든 비상 연락처에 자신의 전화번호를 적어놓았으니 사고가 났다면 연락이 올 것이다.

부재중 연락이 있었는지, 놓친 문자 메시지가 있는지 확인했지만 없었다. 아무래도 직접 찾아봐야 할 것 같아 경선은 서둘러 신발을 신었다. 계단을 두세 개씩 건너뛰며 마당으로 내려갔을 때 집으로 들어서는 여리를 보았다.

"연락도 없이 어디 다녀와? 엄마가 걱정했잖아. 학원 안 갔어?"

경선은 딸의 가방을 들어주며 물었다.

"응."

"연락을 하지."

"미안."

여리는 웃고 있었지만, 미소가 어색했다. 넋이 나간 사람처럼 어딘가 부자연스러웠다.

"인사해. 우리 엄마."

창백한 얼굴의 여리가 허공에 대고 말했다.

"여리야! 애가 왜 이래."

경선은 겁이 덜컥 났다. 딸의 어깨를 잡고 눈을 맞췄다. 초점을 맞추려고 애썼지만 아이의 까만 눈동자는 텅 비어 있었다.

"엄마. 그 유치원에 애가 혼자 있잖아."

여리 옆에는 여전히 아무도 없었다.

"정신 차려봐. 여리야."

"얘랑 우리 집에 같이 살아도 돼요?"

여리는 바로 옆에 누가 있는 것처럼, 그 허공과 계속 눈을 맞추며 웃었다. 경선은 아이의 상태가 심상치 않음을 느꼈다. 아이를 부둥켜안았는데 몸이 뜨거웠다. 품에 안긴 여리는 그 대로 축 처지더니 정신을 잃었다.

경선은 여리를 안은 채 택시를 타고 응급실로 향했다. 의사는 고열 이외의 증상은 없다고 했다. 해열제를 맞히고 다시 집으로 돌아오니 밤 10시였다. 퇴근 후 병원으로 달려왔던 남편도 소파에 앉고서야 긴장을 풀었다.

"그냥 해열제만 먹였어도 됐던 거 아냐?"

남편은 짜증 섞인 소리를 냈다.

"쓰러져서 의식이 없는데 어떻게 그래."

이 상황에서 경선도 말을 곱게 할 수 없었다.

이수아

"이상 없다잖아, 지금."

"내가 의사야? 병원 다녀왔으니까 이상 없는 거지. 만약에 집에서 해열제만 먹였다가 잘못되면? 또 잘못되면!"

그녀의 반격에 남편은 아무 말도 하지 않았다. 경선은 여리를 안은 채 그를 노려보다가 아이 방으로 들어갔다.

여리를 침대에 눕혔다. 열은 떨어졌지만 깊이 잠들어 있었다. 세 살 전까지 고열로 응급실을 여러 번 가긴 했었지만, 오늘은 다른 날과 확실히 달랐다. 여리가 허공에 대고 말했다. 옆에 누군가 있는 것처럼. 의사는 고열이 나면 환영과 환청도 들릴 수도 있다고 말했다. 경선은 의사의 진료를 믿기로 했다. 스스로를 다독이며 대수롭지 않게 여기려고 노력했다. 이불을 덮어주고 아이를 토닥였다. 그러다 까무룩 잠이 들었다.

"…마."

"응?"

경선은 잠결에 대답부터 했다. 버릇이다. 언제든 아이가 부르면 대답할 준비가 되어 있었다.

"엄마?"

"어, 그래."

경선은 우물거릴 사이도 없이 눈을 떴다. 잠에서 깬 여리가 코앞에서 자신을 보고 있었다. 경선은 괜찮은지 물어보며 아이의 이마를 짚었다. 다행히 열은 내렸다.

관계자 외 출입금지

"아팠으면 전화를 하지. 그럼 피아노 가지 말고 바로 집으로 오라고 했지."

"피아노?"

여리는 엄마를 빤히 보았다. 왜 피아노에 대해 묻는지 전혀 알지 못하는 표정이었다.

"그래. 피아노 선생님 전화 받고 엄마가 얼마나 놀랐는데. 너 없어진 줄 알고 송아한테도 전화하고, 민정이한테도 전화하고."

"송아? 민정이?"

"…왜 그래, 여리야."

딸의 행동을 보며 경선은 가슴이 뛰었다. 고열로 뇌가 이상해졌을까? 평소 말투와도 달랐고, 자세히 보니 눈빛도 달랐다.

"엄마, 나 여리 아니야."

"무슨 소리니, 아직도 아파?"

다시 한 번 딸의 이마를 짚어봤다. 열은 없었다.

"엄마, 나라니까."

딸의 대답에 경선은 온몸의 털이 삐쭉 섰다. 본능적으로 알았다. 저것은 딸이 아니다.

아이의 목소리는 둔탁하게 가라앉았다. 스산한 저음. 분명 여리의 목소리가 아니었다. 여리의 입술이 천천히, 부자연스럽게 일자로 벌어졌다. 턱이 꺾일 듯 벌어졌다. 입안은 칠흑

이수아

처럼 검었다. 경선의 심장이 미친 듯이 뛰었다.

아이의 얼굴이 일그러졌다. 눈동자가 위로 치켜 올라가 흰 자위만 희번덕하더니 고개가 기울어졌다. 뚝뚝. 관절이 꺾이는 소리가 났다.

그 입에서 소리가 흘러나왔다.

기계음처럼 기묘한 소리. 사람의 목소리가 아니었다. 녹음기를 거꾸로 돌려놓은 것 같은, 금속을 긁는 것 같은, 귀신의 목소리였다.

"나, 여진이."

그 이름이 경선의 숨통을 틀어막았다. 죽은 딸의 얼굴을 한 기괴한 목소리의 귀신이라니. 그 귀신이 하필 여진이라니. 그런데 반가웠다. 다시는 못 볼 것 같았던 딸이라니. 그녀는 이미 제정신이 아니었다.

"…정말… 여진이니?"

경선은 떨리는 두 손으로 여리의 얼굴을 맞잡았다. 이제는 무섭지 않았다. 무서울 수가 없었다. 귀신에게 사로잡힌 여리의 눈동자는 흰자까지 모조리 검게 물들었다. 그렇다고 한들 무슨 상관일까.

5년을 기다렸다. 꿈에라도 나올까 늘 기다렸지만 단 한 번도 얼굴을 보여주지 않은 여진이었다. 5년 전, 유치원에서 낮잠을 자다가 세상을 떠난 그 아이. 잠을 자지 않는다고 원장이 이불을 뒤집어씌웠던 그 아이. 결국 아이는 영원히 잠들어

관계자 외 출입금지

버렸다. 질식사로 삶을 마감하기에는 아직 어린, 고작 여섯 살이었다.

경선의 눈에서 눈물이 흘러내렸다. 여리의 얼굴을, 아니 그 안에 있을 여진의 얼굴을 떨리는 손으로 감싸 쥐었다.

"엄마야. 여진아, 엄마가 여기 있어."

"엄마."

여리의 몸에 빙의해 기괴한 얼굴로 해맑게 웃는 여진을 품에 안았다. 내 아이를 귀신으로 만나야 하는 상황이라니. 말이 나오지 않았다. 고통스러웠지만 입가의 미소를 숨길 수는 없었다. 반가운 마음이 점점 커졌다.

사고 당시 여리는 세 살이었다.

경선은 죽은 아이뿐만 아니라 살아 있는 아이도 챙겨야 했다. 이런 운명이 야속했지만, 정신을 차렸다. 엄마가 울면 휴지를 곁에 놓아주던 둘째가 눈에 들어왔다. 이 아이에게는 가족의 비극을 전하고 싶지 않았다. 남편도 동의했다. 온 친척들에게도 알렸다. 여리에게는 언니 여진의 존재와 그날 사건에 대해 절대 말하지 말라고. 그날부터 오직 여리만을 위해 살아왔던 5년. 그런 노력 때문에 여리는 언니의 존재와 그 사고도 몰랐다.

다른 가족들은 이제 경선이 큰딸을 잊었다고 생각했다. 하지만 그녀는 하루도 잊지 않고 가슴속에서 큰 아이를 키워내

이수아

고 있었다. 식구들의 밥을 챙기면서도, 여리를 병원에 데리고 가면서도, 남편의 승진으로 기뻐할 때도 여진을 잊지 않았다. 모두가 잊은 그 아이의 생일에는 납골당을 찾아가 생일상을 차려주고, 좋아하던 동요를 틀어줬다. 겉으로 내색하지 않아 잊은 것처럼 보였을 뿐이었다.

'그래, 그 정도면 됐어', '잊어야 애도 편하게 저승 가지', '산 사람은 살아야지', '여리 하나만 잘 키워', '그 아이와 인연이 여기까지야'라는 위로를 한 마디도 귀담아듣지 않았다. 겪어보지 않은 사람들의 위로는 모두 위선이다. 어떻게 제 살과 피로 만든 아이를 잊을 수 있을까. 함부로 말하는 사람들에게 마음속으로 저주를 내렸었다.

공평하게 저와 똑같은 일에 처하게 해주세요. 그때 내게 했던 말을 저들에게 모두 돌려줄 수 있도록.

독한 마음이 경선의 가슴 한구석에 똬리를 틀었다. 마음속 벽은 높고 견고해졌다. 타인의 진심 어린 충고도 비집고 들어오지 못했다. 그런데 오늘 그 벽이 아이 이름 두 글자 때문에 흔들렸다. 경선의 세계에 금이 갔다. 숨통이 트였다.

품에 안은 딸은 영안실에서 마지막으로 안았을 때처럼 차가웠다. 동화처럼 엄마의 눈물로 아이가 다시 살아날 수만 있다면 얼마나 좋을까. 뜨거운 눈물만으로는 살릴 수 없다는 것을 알면서도, 품에 안은 아이가 귀신인 걸 알면서도 애틋하기만 했다.

아내의 울음소리를 들은 남편이 방문을 열고 들어왔다.

"여보, 무슨 일이야?"

남편은 흐느끼고 있는 아내의 품에서 약에 취해 자는 여리를 떼어냈다.

"애 놀라게, 왜 이래!"

남편의 만류에도 경선은 아이를 놓지 않았다.

"여보, 안 보여? 우리 여진이야."

"여리한테 그게 무슨 말이야! 정신 차려!"

남편은 여리를 침대에 제대로 눕히고 아내를 끌고 나왔다.

거실 소파에 앉아 있는 경선에게는 여전히 여진이 보였다. 지금은 부엌 앞에 쪼그려 앉아 있었다.

"여보, 진짜 여진이가 안 보여? 저기 있잖아. 커피머신 옆에."

경선은 정확하게 아이를 가리켰지만 그는 보지 못했다. 남편은 한숨을 쉬더니 당신 지쳐서 헛것을 본 것이라고 말하고는 안방으로 들어가 버렸다.

———

밤새 앓고 난 여리는 얼굴이 창백했다. 어제 월영유치원에

이수아

들어간 것은 기억하지만 그 이후로는 기억을 못 했다. 경선은 아침 밥상을 차리며 다시는 그곳에 가지 말라고 엄하게 말했다. 여리는 흰죽을 먹으며 그러겠다고 약속했다.

경선은 딸을 학교에 데려다주었고, 여리가 친구들과 섞여 복도로 사라질 때까지 지켜봤다. 그제야 발길을 돌렸다.

집으로 돌아가야 하는데 발걸음이 쉽게 떨어지지 않았다. 어젯밤 분명 여진을 봤다. 하지만 남편은 여리가 아무것도 기억 못 하는 걸 보면 열 때문에 헛소리를 한 것이라고 말했다. 하지만 분명 내 딸 여진이었다.

다른 사람들이 이 상황을 알면 '딸이 아니라 귀신이네'라고 말하지도 모르겠다는 생각이 들었다. 이런 일로 병원에 가면 정신과 상담이나 심리치료를 권유받을 것이고, 친구들에게 말하면 미쳤다고 할 것이다. 경선은 한참을 서 있다가 휴대전화를 꺼내 점집을 검색하고 무작장 찾아갔다.

첫 번째 집은 아이를 업고 왔다며 집안에 우환이 닥칠 것이라고 했다. 두 번째 집도 마찬가지였는데 굿을 하자고 했다. 세 번째 무당은 자기 일처럼 서럽게 울어주기만 하다가 굿 이야기를 꺼냈다. 네 번째는 영 실력이 없었다. 남편이 외도 중인데, 아니면 간판을 내리겠다며 부적을 쓰라고 했다. 다섯 번째 무당은 경선이 앉자마자 손을 잡아주며 말했다.

"죽은 딸을 업고 다니느라 얼마나 힘들어."

경선은 서럽게 울었다. 친정 부모도 남편도 해주지 못한

관계자 외 출입금지

위로였다.

"여기 내려주고 가. 내가 잘 타일러서 보낼 테니까."

무당이 말했다. 지금 업고 다니는 귀신은 객귀라고. 딸이 집 밖에서 죽었으니 넋걷이를 해줘야 하는데 요즘 사람들은 그런 걸 죄다 미신이라고 생각해서 아무것도 안 한다고 했다.

"사람이 죽으면 몸은 흙으로 돌아가고 영혼은 칠성신을 뵈러 가야 하는 거야. 그게 순리야. 그걸 못 하는 것들이 귀가 된다구. 잘 달래서 보내줘. 산 사람은 이승에서, 죽은 사람은 저승에서 사는 것이 우리네가 사는 이치야."

"며칠만요. 며칠만 데리고 있으면 안 될까요?"

"그래. 그 마음 모르는 거 아니야. 죽어서라도 이렇게 만나니 얼마나 좋아. 그게 엄마다. 그런데 며칠로 되겠어?"

경선은 고개를 내저었다.

"그러니까 객귀는 하루라도 빨리 보내는 것이 상책이야. 미련이 커질수록 보내기도 어려워져. 아이를 위해서도, 엄마를 위해서도. 갈 사람은 가야지. 보내줄 거지?"

경선은 대답하지 못하고 눈물만 흘렸다.

"무당이 괜히 무당이야? 그 마음이 훤히 다 보여. 그러다 산 애까지 망치는 거야."

"혼자 어떻게 보내요, 그 먼 곳에."

한 번은 보냈지만, 두 번이나 혼자 보낼 수가 없었다. 경선이 복채를 내밀었다. 무당은 마다하더니 되레 돈을 보태 경선

이수아

에게 돌려주고는 달래듯 말했다.

"무당한테 초 올리라고 하면 미신이라고 다들 싫어하더라구. 다니는 절이 있으면 거기에 영가를 위한 초를 올려주고, 다니는 교회가 있으면 헌금을 해. 이도 저도 내키지 않으면 부모 없는 아이를 위해 분유라도 기부해."

그 마음이 고마웠지만, 경선은 복채를 그대로 두고 그곳을 나왔다. 아직 내 자식이 아닌 다른 아이를 돌볼 처지가 아니었다.

점집을 나온 경선은 시동을 걸지 않은 채 한참을 차에 있었다.

어젯밤 여진을 본 후로 경선의 마음은 종잡을 수 없는 파도가 수시로 일었다 사그라졌다. 귀신 소리를 내며 얼굴이 흉측하게 일그러져도 알아볼 수 있었다. 시소를 타다 넘어져서 생긴 왼쪽 눈 아래 옅은 상처와 양 볼의 작은 보조개. 그런 아이를 영안실에서 마주쳤을 때가 오히려 비현실적이었다. 품에 안고 볼을 비비며 유치원에 보냈는데 어떻게 한 줌의 재가 될 수 있단 말인가.

아이의 장례를 치르는 동안 경찰이 수사를 했다. 원장은 업무상 과실치사로 입건되었다. 민사소송도 준비했다. 돈이 문제가 아니었다. 어느 부모가 죽은 아이를 앞세워 값을 흥정하겠는가. 단지 원장을 법의 심판대에 세우고 싶었다. 처벌을

원했다. 형량을 원했다. 원장이 감옥에 가는 것을 두 눈으로 보고 싶었다.

그런데 원장이 자살한 것이다.

비겁하게.

남편은 하늘의 심판이라고 했지만 경선은 동의할 수 없었다. 하늘의 심판? 그게 무슨 위로가 되는가. 법정에서 고개 숙이는 모습도, 유죄 판결문을 듣는 모습도, 차가운 쇠창살 뒤에 갇힌 모습도 보지 못했다. 원장은 도망쳤을 뿐이다. 죄를 짊어지고 살아야 할 사람이 먼저 죽어버렸다. 그러자 죽고 싶은 사람은 경선 자신이었다. 저승 가는 여진을 홀로 가게 할 수 없었다.

"이제 여리만 생각하자, 여보."

남편의 애원에 손에 든 수면제를 화장실에 버렸다. 죽음이 무엇인지 모르는 세 살. 언니의 장례식 동안 여리는 경선의 사촌 언니 집에 맡겨 놓았다. 떨어져 있는 동안 밤마다 엄마를 찾다가 잠들었다고 했다. 여리에게 엄마가 사라진다는 것은 평생 밤마다 울음을 그칠 수 없다는 것이겠지.

여진의 짐을 정리하고 여리를 집으로 데리고 온 날, 경선은 잠든 아이의 머리맡에서 기도를 했다.

'여진아, 미안해. 엄마가 너를 두고 살아야 해. 여리 때문에. 용서해 줘.'

그렇게 다시 일상이 시작되었다. 월영유치원이 보이지 않

이수아

는 곳으로 가고 싶었지만 남편 직장과 아파트 대출금 때문에 당장 이사 갈 수가 없었다. 여진이 죽은 그곳을 매일 지나치며 살아야 했다. 마음에 굳은살이라도 생기면 좋으련만…. 아픔은 무뎌지지 않았다.

폐업한 월영유치원은 건물이 팔리지 않은 채 몇 해가 흘렀다. 페인트는 벗겨지고 담벼락에는 금이 갔다. 마당의 놀이기구들은 녹슬어 갔다. 그네는 쇠사슬이 끊어진 채 바닥에 처박혀 있었다. 미끄럼틀 위에는 낙엽이 쌓였다. 유리창은 깨지고, 문은 삐걱거렸다.

매년 여름내 무성하게 자랐던 풀들이 그 자리에서 새싹을 틀었다. 잡초는 말라 비틀어 죽더라도 그 자리에서 움직이지 못한다. 경선은 그 모습이 자신을 닮았다고 생각했다. 그녀도 잡초처럼 터를 옮기지는 못했다.

경선은 오늘도 월영유치원 앞으로 지나가는 빠른 길을 두고 돌아가는 길을 택했다.

집에 돌아온 경선은 집 안 모퉁이에 앉아 있던 객귀 여진을 찾았다. 그토록 오고 싶었을 집일 텐데 손님마냥 자리 잡지 못하고 구석에 있던 모습이 선했다. 벽에 몸을 기댄 채 무릎을 안고 앉아 있던 그 작은 등. 경선을 보며 미소 짓던 그 얼굴. 하지만 아무리 찾아도 보이지 않았다. 대체 어디로 갔을까? 당장 떠오르는 곳은 한 곳뿐이었다. 그토록 피하고 싶었

　　　관계자 외 출입금지

던 월영유치원. 여진이 죽은 그곳.

혼자 남겨진 그곳.

학교에서 돌아온 딸에게 유치원에서 본 것을 물어봤다. 여리는 귀신을 기억하지 못했다. 경선이 몇 번을 물었지만 그저 꿈을 꾼 것 같다고 했다.

"엄마, 악몽이라서 내가 기억 못 하나? 무서운 거 많이 봐서 악몽만 꾸나 봐."

"그러니까 공포 채널 그만 봐. 귀신은 자꾸 부르면 찾아온다니까."

"재밌는데…."

그렇게 아이를 타이르고 간식을 챙겨주면서 여진을 품에 앉았던 그 서늘한 느낌을 떠올렸다. 아직도 생생했다. 차갑고, 가볍고, 텅 빈 것 같던 그 감촉. 귀신의 무게.

귀신을 자꾸 부르고 있는 건 결국 자신이었다.

경선은 창밖을 보며 생각했다. 여진은 지금 그곳에 있을까. 혼자, 어둠 속에서.

낮인데도 흐린 날씨 탓에 밖은 어두웠다.

운전대를 잡은 경선의 두 손이 떨렸다. 설렘인지, 두려움인지 알 수 없었다. 월영유치원으로 향하면서 그 건물 내부를 생각했다.

경선은 눈 감아도 그곳을 그릴 수 있을 정도로 자세히 알

이수아

고 있었다. 복도 왼쪽 세 번째 문이 여진의 교실이고, 창가 두 번째 책상이 여진의 자리였다. 벽에 붙은 동물 스티커, 사물함에 붙은 이름표, 신발장의 구름 모양 장식까지 모두 기억하고 있었다.

사고 후 CCTV에 찍힌 녹화 영상을 수천 번 돌려봤다. 낮잠 시간, 이불을 뒤집어쓴 여진. 처음에는 꿈틀거리던 이불, 점점 고요해지는 이불. 움직이지 않는 여진을.

경선은 차를 세웠다.

폐허가 된 유치원은 경선이 생각했던 것보다 더 음산했다. 건물은 온통 담쟁이넝쿨로 감싸여 있었다. 그것들이 뱀처럼 건물을 옥죄고 있었다.

경선은 차에서 내렸다. 발걸음이 무거웠지만 멈추지 않았다. 허술하게 잠가놓은 자물쇠를 풀어버리고 철문을 밀었다. 문이 삐걱거리며 열렸다. 한 발을 내딛는데 발끝이 물컹했다. 죽은 고양이였다. 머리통에서 눈알이 튀어나와 있었다. 하얗게 변한 눈동자가 경선을 올려다봤다. 신발 바닥에 질척하게 들러붙은 내장을 마른풀에 닦아냈다. 손이 떨렸다. 구역질이 올라왔지만 참고 건물로 다가갔다.

먼지가 쌓인 1층 유리창에 거미줄이 늘어져 바람에 나부꼈다. 그 너머로 건물 안에 있는 작은 아이가 보였다.

경선의 심장이 뛰었다.

"여진이니?"

작은 아이는 대답이 없었다. 경선은 유리창에 바짝 붙어 다시 아이를 봤다. 사람 같기도 하고, 짐승 같기도 하고, 그저 어둠 같기도 한 그것이 천천히 움직였다. 경선의 발이 저절로 움직였다. 유치원 안으로, 어둠 속으로, 그렇게 끌려 들어갔다.

모든 것은 그대로였다. 아이들이 갖고 놀던 장난감은 바닥에 제멋대로 흐트러져 있었다. 여진이 좋아했던 빨간 흔들 목마도 보였다. 방금 누가 타고 있다가 내린 것처럼 흔들거렸다. 구석에 있는 장난감 싱크대에서 그릇들이 달그락거렸다.

"여진이니?"

발걸음이 빨라졌다. 엄마를 흉내 내며 '아이스 아메리카노요'를 외치던 아이의 모습이 떠올랐다. 숨바꼭질 같았다.

"얼른 나와. 엄마가 못 찾겠어."

아이가 대답이라도 하듯이 멀리서 "엄마"라고 불렀다.

경선은 소리를 쫓았다. 놀이방을 빠져나와 주방을 통과했다. 지하로 내려가는 외부 계단이 있었다. 전기가 끊겨 조명이 켜지지 않는 지하는 앞이 잘 보이지 않았다. 아이 목소리만 깊게 울려 퍼졌다. 계단을 내려가는 동안 거미줄이 얼굴을 덮었다. 지하로 내려갈수록 시야는 좁아졌다. 마지막 계단에 닿았을 땐 겨우 문 앞이라는 것을 인식할 수 있었다. 문을 열었다.

여진이 기다리고 있었다. 온몸은 새파랗게 빛나는 채로. 마치 도깨비불처럼 보였다. 얼굴도, 팔도, 다리도 모두 푸른

189   이수아

빛으로 빛났다. 그리고 입이 천천히 벌어졌다. 턱이 꺾일 듯 움직이며 입이 찢어지듯 계속 벌어졌다. 입안에는 작은 혀가 보였다. 자세히 보니 혀가 아니라 붉은 뱀이 똬리를 틀고 있었다. 그 붉은 뱀이 꿈틀거리며 소리를 냈다.

뱀은 여진의 목소리로 말했다.

"엄마, 친구들이 울고 있어."

그 말이 끝나자마자 어린 귀신들이 나타났다. 유치원에 아이들이 모이듯이, 어린 귀신들이 몰려들었다. 언제 죽었는지, 어디서 죽었는지 알 수 없는 귀신들이 사방에서 기어 나왔다. 벽에서, 천장에서, 바닥 틈새에서. 귀신들은 온전한 몸을 갖고 있지 않았다. 팔이 없는 아이, 다리가 하나인 아이, 목이 꺾인 아이, 얼굴 반쪽이 없는 아이. 아기 귀신들이 기어다니고, 뛰어다니고, 엉겨 붙어 뒹굴며 아우성을 쳤다. 몇몇 아이의 울음소리도 겹쳤다. 나중에는 비명까지 겹쳤다. 귀를 찢는 소리였다. 지하는 괴성으로 가득 찼다.

귀신들의 합창.

다른 이라면 도망쳤겠지만 경선은 달랐다.

한 걸음 나아갔다. 또 한 걸음. 귀신들 사이를 헤치고 여진에게 다가갔다. 입속에서 뱀이 춤을 추는 그 아이를 껴안았다.

"잘했어, 여진아. 동생들 돌보고 있었구나."

경선은 밤새 길바닥을 헤매고 돌아다녔을 어린 귀신들의 처지가 안쓰러웠다. 여진을 무릎에 앉히고, 동요를 부르기 시작했다. 그 노랫소리에 아기 귀신들은 귀를 기울였다. 자장가를 부르자 여진과 귀신들이 잠들기 시작했다. 경선은 모든 귀신이 잠들 때까지 자장가를 부르고 또 불렀다. 그리고 경선이 쓰러졌다. 그사이 초승달이 떴다.

———

공포소년이 찍은 월영유치원 영상은 폭발적인 조회 수를 기록했다. 영상에서 귀신 소리가 들린다, 거울에 어린 귀신이 찍혔다, 아니다, 죽은 원장이다 등등 갖은 추측 글이 댓글로 달렸다. 소문은 괴담을 낳았고, 괴담은 월영유치원으로 사람들을 끌어들였다. 구경 온 사람들은 아무 곳에 차를 세워서 주민들을 불편하게 했다. 결국 새로운 '출입금지' 푯말이 붙었다. 그래도 늘어나는 목격자들을 막을 수가 없었다. 바람도 안 부는데 그네가 크게 흔들렸고, 미끄럼틀에서 시커먼 덩어리가 굴러 내려온 것을 목격하고 가위에 눌린 사람도 있었다.

집값에 민감한 사람들이 철거를 요구하며 시청에 민원을 넣어봤지만 빠른 시일 내에 해결될 것 같지 않았다. 주민 몇 명이 해결책을 내놓았다.

"굿이라도 합시다."

"요즘 같은 세상에 무슨 굿입니까?"

교회 다니는 사람들이 반대했다. 하지만 집값 떨어지는 걸

이수아

막기 위한 대책으로 굿판이 더 큰 호응을 얻었다.

———————

두 번째 영상을 준비하던 공포소년은 곧 월영유치원에서 굿이 벌어진다는 정보를 들었다. 물어물어 굿을 맡은 무당을 찾아냈다.

"진짜 그곳에 귀신이 있습니까?"

"부르지 않아도 사방에 있는 게 귀신일세."

"그럼 불러주실 수 있습니까? 비용이 필요하시면 드리겠습니다. 지금 바로."

"이 사람이 진짜 돈이면 다 되는 줄 아나."

"천만 원. 대신 지금 가주셔야 합니다. 아니면 다른 무당에게 의뢰할 생각입니다."

무당은 잠시 주저하다가 수락했다.

"그럽시다."

무당은 공포소년을 따라나섰다.

무당은 가는 길에 객귀들을 위한 간단한 상차림을 해야 한다며 장을 봤다. 공포소년은 그 과정을 모조리 녹화했다. 두 남자는 양손 가득 음식을 들고 유치원에 도착했다.

공포소년은 촬영 준비를 하며 무당보다 앞서 건물로 들어갔다.

차가운 바람이 무당의 목덜미를 조여 왔다. 바람에는 아이들의 웃음소리가 배어 있었다.

"보통 것들이 아닌데?"

그는 혼자 읊조렸다.

달빛조차 이들을 꺼리는 것처럼 사위가 더 어두워졌다. 이런 경험은 처음이었다. 무당은 눈을 감고 숨을 깊게 들이쉬었다. 미세한 전율이 감지되었다. 공기에서 이물감이 느껴졌다. 귀기다.

걸어가던 공포소년도 귀기를 느꼈다. 손에 쥔 카메라가 그의 의지와 상관없이 흔들리다 떨어졌다. 떨어지는 카메라를 재빨리 잡으려고 했지만 굳은 몸은 제대로 움직이지 않았다.

"왜 그래?"

"몰라요, 손이 떨려서요."

"느꼈어? 그 서늘한 기운?"

"네. 그런 거 같아요. …아닌가? …잘 모르겠습니다."

공포소년은 고개를 갸우뚱거리며 떨어진 카메라를 주워들었다. 액정이 깨져 있었다. 카메라 렌즈는 벽을 향해 있었다. 벽에는 부모 얼굴을 그린 아이들의 그림들이 빼곡하게 붙어 있었다. 깨진 액정 화면에 그 그림들이 비쳤다. 공포소년은 숨이 멎었다. 그림 속 눈동자들이 움직였다.

천천히, 또렷하게.

크레파스로 그린 동그란 눈동자들이 일제히 돌아가더니

이수아

모두 공포소년을 향했다.

겁에 질린 공포소년이 오른쪽으로 움직였다.

눈동자들도 따라왔다.

왼쪽으로 움직였다.

눈동자들도 따라왔다.

뒤로 물러섰다.

눈동자들이 그를 쫓았다. 감정 없는 눈. 검고 깊은 눈. 죽은 아이들의 눈.

공포소년은 이 장면을 촬영하기 위해 녹화 버튼을 눌렀지만, 아무리 눌러도 녹화는 시작되지 않았다. 얼굴이 하얗게 질리더니 온몸이 덜덜 떨리기 시작했다. 그 순간에도 어떻게든 녹화해야겠다는 생각만 들었다. 촬영만 할 수 있다면, 귀신이 온전히 찍힌다면 이 영상은 순식간에 인기 동영상이 될 것이다.

무당은 부적을 높이 들어 올리며 조용히 주문을 외웠다. 이번에는 부적을 흔들었다. 그러자 살아 있는 듯 움직이던 눈동자들은 다시 그림으로 돌아갔다.

"찍었어?"

무당이 확인했다.

"아뇨."

공포소년은 마른침을 삼켰다. 무당은 혀를 차며 겁쟁이가 무슨 귀신을 촬영하냐며 구시렁거렸다.

관계자 외 출입금지

"무서우면 지금이라도 나갈까?"

"아닙니다. 카메라가 떨어져서 고장 난 거라. 다른 카메라로 찍어보겠습니다."

그는 서둘러 카메라를 바꿔 들며 물었다.

"굿은 어디서 합니까?"

일부러 무당과 대화를 하며 무서운 마음을 가라앉히려고 노력했다.

"계단으로 내려가면 지하가 있다고 했는데. 저쪽인가 보군."

무당은 지하로 향하는 계단을 찾아냈다. 계단을 하나씩 내려갈 때마다 저승에 가까워지는 기분이었다. 사실 무당도 당장 돌아가고 싶을 정도로 겁났지만 두려움을 억누르고 지하실 문을 열었다.

여느 날처럼 지하에서 여진과 어린 귀신들을 돌보고 있던 경선은 인기척에 놀라 일어섰다.

"잠깐만."

경선은 겁먹은 여진을 달래놓고 출입구를 돌아봤다. 이곳에 찾아올 사람은 없는데 누구지? 그 순간 문이 열리고, 누군가 들어왔다. 랜턴 불빛에 눈이 부셨다. 시린 눈으로 다시 보니 두 번째 만났던 무당이었다. 무당 옆에는 카메라를 든 청년도 있었다.

"거기 사람이오?"

이수아

무당이 물었다.

경선은 고개를 끄덕였다. 다행스럽게도 그들은 귀신을 보지 못하는 것 같았다.

"귀기가 강하니 당장 나가시오."

무당이 소리쳤다.

"괜찮습니다."

경선은 다시 눌러앉았다.

"저희 촬영 중입니다. 여기."

공포소년이 나섰다.

경선은 아랑곳 하지 않고 되물었다.

"허락받으셨나요?"

"네. 여기 아드님한테 허락받았습니다."

"연락된다구요. 그 사람하고?"

경선이 다그치다 공포소년은 거짓말을 지어냈다.

"하도 소문이 나니까 굿을 해달라고 해서 왔습니다. 오늘은 간략한 퇴마 의식을 할 예정이니까 나가주세요."

"퇴마요?"

경선의 목소리가 높이 올라가더니 갈라졌다. 퇴마를 한다면 겨우 만난 딸과 또다시 생이별을 해야 한다. 막아야 했다.

"당장 나가!"

그녀가 소리쳤다. 그 목소리에서 앳된 소리가 동시에 났다. 공포소년은 모든 털이 바짝 섰다. 무당은 여자에게 아기 귀신이 씌었다는 것을 단번에 알 수 있었다. 무당은 당장 나섰다. 미리 준비한 부적을 꺼내 들고 경선에게 다가갔다.

"어허! 이 잡귀! 이 몸에서 당장 안 나가?"

"싫어."

경선은 몸을 부들부들 떨면서 거부했다.

"부적 맛 좀 볼까? 내가 꺼내줘?"

무당은 경선 안에 있는 귀신에게 호통을 쳤다

"저승과 이승이 다르거늘! 어디 사람에게 빌붙어!"

공포소년은 한 장면이라도 놓칠세라 휴대전화 카메라로 촬영했다.

무당은 민첩하게 경선의 머리에 부적을 붙였다. 그녀가 괴성을 지르면서 버티더니 끝내 쓰러졌다. 공포소년은 모자이크 처리만 잘하면 그림 되겠다고 생각했다.

귀신이 나가면서 아이 같았던 경선의 비명 소리가 다시 어른 목소리로 바뀌었다.

"여진아! 여진아!"

경선은 딸을 찾았다. 방금까지 눈 앞에 있었던 딸이 보이지 않았다. 어린 귀신들도 마찬가지였다.

"당신 지금 무슨 짓을 한 거야! 우리 애한테! 안 보이잖아!"

경선이 악에 받쳐 소리쳤다.

"귀신에게 잡혀갈 거 겨우 살려줬더니. 당신, 그러다가 저승 가는 거야. 저세상 간다고."

이수아

"우리 애한테 무슨 짓을 한 거냐고!"

"애? 아줌마 미쳤어?"

무당은 적반하장으로 화내는 여자를 이해할 수 없었다.

"귀신 들리면 어떻게 되는 줄 알아?"

"어떻게 되든 내 일이야. 우리 여진이 데리고 와, 여진이!"

"오라, 당신 딸이었구만. 그 악귀가."

"악귀?"

"그래, 악귀. 사람에게 해를 주면 악귀지. 쫓아내야 하는 독한 것들."

"아니야, 우리 딸은 그런 악귀가 아니라고!"

경선이 절규했지만 무당은 아랑곳하지 않았다. 오히려 부적을 몇 장 더 꺼내서 지하실 사방을 둘러보았다.

주저앉아 흐느끼던 경선이 더는 견딜 수 없는지 애원했다.

"잠깐만요, 우리한테 시간을 줘요."

하지만 두 남자는 거절했다.

그녀는 이대로 또 아이를 잃을 수 없었다. 뭐라도 하고 싶었지만 방법이 없었다. 바닥에 떨어진 노란 부적을 주워 들었다. 무슨 뜻인지 알 수 없는 문자들이 적혀 있었다. 그걸 양손에 쥐고 중얼거리기 시작했다. 무당이 부적을 사용한다면 나도 사용하겠다는 생각뿐이었다. 간절하게 기도했다. 아이를 다시 데려와 달라고. 아이에게 다시 나타나 달라고.

그때였다.

관계자 외 출입금지

갑자기 무당의 몸에서 불길이 치솟았다. 순식간이었다. 무당은 소리조차 지르지 못하고 "컥, 컥" 숨 막히는 소리를 냈다. 촬영하던 공포소년은 그 자리에서 기절해 버렸다.

경선은 소화기를 찾았지만 없었다. 불이 바닥에 옮겨붙기 시작하더니 실내를 모조리 불태울 것처럼 거세졌다. 사람을 부르기 위해 그곳을 뛰쳐나왔다.

지하실에서 굵은 연기도 함께 올라왔다. 폐허가 된 유치원은 죽은 잡초처럼 바싹 말라 있었다. 지금 구급차가 와도 그들을 구할 수 없을 것 같았다. 경선이 소방서에 신고하고 주민들이 소화전의 물호스를 끌어왔지만 소용없었다. 지하실에서 시작된 불은 유치원을 모조리 태우고서야 잠들었다. 소방차는 늦게 도착했다. 불법 주차 차량 때문에 진입이 어려웠다고 했다.

방화 용의자는 관계자 외 출입금지 구역에 들어간 경선이었다. 하지만 곧 풀려났다. 공포소년이 휴대전화로 찍은 영상이 클라우드에 저장되어 경선의 무고를 증명해 주었기 때문이다.

경찰들은 사건 현장을 눈으로 보고도 의심했다. 사람 몸에서 어떻게 불이 난단 말인가.

"영상 조작 아닙니까?"

"클라우드 서버 기록 확인했습니다. 조작 흔적 없습니다."

이수아

"그럼 뭡니까, 이게?"

영상 속 무당의 가슴에서 갑자기 불꽃이 치솟더니 5초 만에 그의 온몸은 화염에 휩싸였다. 주변에 인화 물질이나 라이터, 성냥도 없었다.

국과수에서는 사고 영상을 분석했고, 자연발화라는 결과가 나왔다. 인체 자연발화는 극히 드물지만 실제로 존재하는 현상이다. 여러 가설이 있지만 그 원인이 정확하게 밝혀진 바는 없다. 과학적으로 설명할 수 없지만, 그렇게 결론 내릴 수밖에 없었다.

며칠 후, 몸을 추스른 경선은 다섯 번째로 만났던 그 무당을 찾아가 자신이 겪은 일을 말했다.

"급살 맞은 겁니다. 무당이 제 욕심을 부려서 천벌을 받은 거지요. 어린 혼령들을 달래서 보내면 됐을 것을. 퇴마로 오히려 귀신들의 화를 건든 겁니다. 그 유튜버도 귀신들의 이야기를 돈으로 팔아서 제 노잣돈을 만든 거지. 귀신으로 번 돈은 귀신이 꼭 가져가거든. 무당도 마찬가지야. 그래서 욕심부리면 안 되거든요, 우리 같은 사람은."

"그 혼령들은 어디로 갔을까요?"

"흩어졌겠죠. 어린 귀신들이니 얼마나 놀랐을까. 가여운 것들."

무당의 대답에 경선은 조용히 눈물을 흘렸다.

관계자 외 출입금지

"제 잘못입니다."

경선이 고개를 숙였다.

"제가 그 아이들을 놓아주지 않아서."

죽은 딸과 함께 있고 싶었던 자신의 욕심으로 귀신을 붙잡아 둔 것이다. 여진을, 그리고 다른 아이들까지. 그들이 떠나야 할 곳으로 가지 못하게 막았을지도 모르겠다.

"이승과 저승은 엄연히 나뉘어 있습니다. 좋은 곳으로 가도록 제가 빌어주겠습니다."

무당은 그녀를 위로하며 두 손을 잡아줬다.

"방법이 없을까요, 제가 할 수 있는."

"제가 이미 말씀드렸는데요. 그 아이의 이름으로 다른 아이를 도와주세요. 모든 아이들이 사랑받으며 태어나는 것은 아니니까요."

경선은 고개를 끄덕이고 집으로 돌아왔다.

며칠 뒤, 늦은 밤.

경선은 아동 후원 엽서의 후원자란에 한 자, 한 자 이름을 눌러서 썼다.

오. 여. 진.

이제는 귀신이 아니라 누군가의 희망으로 아이가 기억되길 바랐다.

그리고 잠자리에 누웠다. 돌아눕는데 방 모퉁이에 웃고 있

이수아

는 그 아이가 보였다. 여진은 어느 때보다 환한 미소로 웃으며 손을 흔들었다. 작별 인사였다. 경선은 눈물을 흘리며 손을 흔들어 주었다. 그러자 아이는 천천히 희미해졌다가 빛이 되어 흩어졌다.

경선은 눈을 감았다. 평온했다. 오랜만에 편안한 잠이 찾아왔다.

월영유치원은 뜻하지 않은 방법으로 사라졌다. 화장하고 남은 뼛가루처럼 터에는 재만 남았다. 그 후로 경선은 여진을 보지 못했다. 소문도 사라졌다.

이듬해, 유치원 자리에 냉이꽃들이 자랐다. 씨앗이 어디에서 날아들었는지 온통 희고 노란 꽃들로 채워졌다. 경선은 여진이 남긴 선물이라고 생각했다.

당신께 나의 모든 것을 드립니다.

냉이의 꽃말처럼.

"정말 거지 같은 산이네. 그렇지?"

보름달이 떠 있는 어둠 속에서 산비탈을 걷던 송나현의 말에 앞장서 가던 이은솔이 바로 대꾸했다.

"입 닥치고 걷기나 해. 산을 타야 한다고 했는데 굽이 있는 구두를 신고 오고 지랄이야."

"이 정도 산인지 몰랐지."

"그걸 지금 변명이라고 하는 거야?"

이은솔이 짜증을 내자 송나현이 움찔했다. 같은 가출팸이긴 하지만 이은솔에게는 송나현이 없는 게 있었기 때문이다. 그 존재가 바로 뒤에서 굵직한 목소리를 냈다.

"씨발! 아가리 닥치고 얼른 올라가. 대포 좆나 무거워."

정명섭

짧게 깎은 머리에 심술과 불만이 가득한 얼굴을 한 곽동식의 카랑카랑한 목소리가 들렸다. 굵은 목덜미에서 이레즈미 문신을 한 가슴으로 땀이 흘러내렸다. 어깨에는 학교 애들에게 삥을 뜯고 조건 만남 사기를 친 돈으로 산 값비싼 카메라가 매달려 있었다. 힘들고 어려운 일은 딱 질색하는 곽동식이 직접 카메라를 메고 움직이는 것도 남에게 비싼 걸 못 맡기기 때문이었다.

그들이 속한 가출팸에서 이은솔은 엄마였고, 곽동식은 아빠였다. 노란 머리를 한 송나현은 조건 만남을 하는 선수이자 누나 역할을 했다. 항상 짙은 화장을 하고 아이라인을 진하게 그려 넣은 이은솔은 한밤중이라 그런지 더 으스스해 보였다. 그녀 역시 조건 만남을 해서 가출팸에 생활비를 보탰다. 곽동식의 뒤에는 동생 역할을 맡고 있는 박광혁이 묵묵히 따라왔다. 작고 가느다란 체구에 낡은 뉴욕 양키스 야구 모자를 쓰고 다녔다. 열네 살밖에 되지 않았지만 벌써 칼로 여러 명을 쑤신 경험이 있었다. 여덟 살 때 아파트 옥상에서 돌을 던져서 지나가는 할아버지를 죽인 적도 있었다. 그래서 별명이 칼과 벽돌인데, 줄여서 '칼돌'이라고 불렸다. 칼돌 뒤로는 가장 마지막에 합류한 이형진이 따라왔다. 엄마가 베트남 사람인 이형진은 중학교에 올라가자마자 가출해서 모텔촌으로 흘러 들어왔다. 던지기 알바를 하면서 본인도 약을 해서 약쟁이라고 불렸다. 지저분하고 멍청하지만 조건 만남이나 조건 사기 말고 가장 많은 돈을 벌고 있었기 때문에 패밀리로 받아줬다.

송나현이 휴대전화를 꺼내서 조명을 켜고 길을 찾았다. 그러다가 튀어나온 돌부리에 걸려서 비틀거렸다. 다행히 넘어지진 않았지만 한 손을 바닥에 짚는 바람에 흙이 묻고 말았다. 입고 있는 바지에 손바닥을 쓱쓱 닦은 송나현이 투덜거리며 다시 발걸음을 옮겼다. 제일 앞서가던 이은솔이 대포 카메라를 메고 따라오는 곽동식에게 슬쩍 물었다.

"진짜 사진이 잘 찍힐까?"

"거짓말이면 그 새끼 아가리를 찢어버린다고 했으니까 진짜일 거야."

"그렇긴 해도."

곽동식의 대답을 들은 이은솔이 고개를 돌려서 아까 걸어온 길을 바라봤다. 월영시 구시가지 한쪽에 자리 잡은 모텔촌의 휘황찬란한 불빛들이 물방울처럼 보였다. 그녀가 속한 가출 패밀리, 줄여서 가출팸이 머무는 곳이었다. 중학생과 고등학생에 해당되는 연령대였지만 아무도 학교에 가지 않았다. 크고 작은 사고를 치고 강제 전학을 몇 번 당했다가 학교에서 멀어졌다. 가족과도 멀어진 그들이 만든 것이 유사 가족이었다. 곽동식이 아빠, 이은솔이 엄마였고, 송나현은 누나, 이형진은 큰형, 박광혁은 동생이었다. 그들은 월영시의 구도심 모텔촌에 있는 낡은 빈방에 자리를 잡고 살아갔다.

이은솔이 잠깐 멈춰선 동안 앞장서 가던 송나현이 갑자기

정명섭

걸음을 멈췄다. 힘들어서 한숨을 쉬던 이은솔이 확 짜증을
냈다.

"씨발, 경고 좀 하고 스톱하라고."

"여기 이상한 게 있어."

떨리는 목소리로 얘기한 송나현이 조명이 켜진 휴대전화
를 앞으로 비췄다. 낡은 나무판이 말뚝에 비스듬히 박혀서 세
워져 있었다.

"뭔데?"

곽동식이 숨을 헐떡거리며 묻자 이은솔이 고개를 옆으로
기울인 채 또박또박 읽었다.

"출입 금지, 경계를 넘지 마시오."

"왜 출입하지 말라는 거야?"

"나도 모르지. 안 적혀 있으니까."

"씨발, 말대꾸 그만하고. 여기 왜 들어가지 말라는 건데."

이은솔이 우물쭈물하자 송나현이 대신 대답했다.

"그때 조건 사기 쳤던 할아버지 기억나?"

잠깐 생각하던 곽동식이 되물었다.

"팔십 먹은 그 할배?"

"어, 그 할아버지가 모텔 창문으로 이쪽 산을 보더니 저기
가 어딘지 아냐고 했거든."

"어디긴 어디야. 뒷산이지."

"예전에 재차의를 묻은 곳이라고 했어."

"재차의? 재채기가 아니라?"

곽동식의 농담에 송나현이 고개를 절레절레 저었다.

"재차의가 뭐냐고 물었더니, 옛날에 있었던 좀비 같은 거라고 했어."

"좀비?"

듣고 있던 이은솔이 끼어들자 송나현이 노랗게 염색한 머리를 쓸어 넘기면서 대답했다.

"비슷한 거라고 했어. 그래서 산 이름도 재의산이라고 알려줬어."

"재의산이 무슨 뜻인데?"

"재차의가 묻혀 있는 산이라 처음에는 재차의산이라고 했는데 시간이 지나면서 재의산이라고 줄여서 부른 거래. 어쨌든 굉장히 위험한 존재라고 여기는 얼씬거리지도 말라고 했어."

송나현의 얘기를 들은 가출팸 아이들이 서로의 얼굴을 바라보며 머뭇거렸다. 그걸 본 곽동식이 버럭 화를 냈다.

"씨발, 비싼 대포 카메라까지 샀는데 그래서 어쩌라고? 재차의가 진짜 있을 거 같아?"

곽동식의 외침에 이은솔이 고개를 갸웃거렸다.

"너 어릴 때 여기서 재차의를 본 적 있다고 술만 처마시면 얘기했잖아. 왜 갑자기 쌩까는데?"

"몰라, 어서 가기나 해."

발단은 지난주에 만난 홈마였다. 홈 마스터의 줄임말인 '홈마'는 주로 망원 렌즈가 달린 카메라를 가지고 아이돌들의 사적인 영상을 찍어서 돈을 받고 파는 일을 했다. 약쟁이가 던지기 한 마약을 챙기는 홈마를 발견하고 협박했는데 그 과정에서 중요한 사실을 털어놓은 것이다. 요즘 최고의 주가를 올리는 아이돌 보이그룹인 아이언 피스트가 월영시에 머물고 있다는 내용이었다. 다음 주에 있을 유럽 투어를 위해 인천국제공항으로 출국하기 전에 며칠 동안 휴식을 취한다는 것이다. 내년에 재계약을 앞둔 상태라 기획사에서도 최대한 잘 챙겨주고 있어서 쉬고 싶다는 그들의 요청을 받아들였다고 한다. 그래서 월영시의 고급 주택들이 즐비한 신시가지 내 새로 지어진 고급 아파트의 꼭대기 층에 있는 펜트하우스를 며칠간 빌렸다는 것이다. 뒷산에 올라가면 펜트하우스를 내려다보면서 사진을 찍을 수 있다는 얘기까지 들려 줬다. 그리고 아주아주 구미가 당길 만한 얘기를 털어났다.

"아이언 피스트는 지금까지 한 번도 사생활이 털린 적이 없었어. 거기다 단체로 모여서 쉬는 것도 찍힌 적이 없고. 제대로만 찍으면."

한숨을 쉰 홈마가 황홀한 표정을 지으며 덧붙였다.

"부르는 게 값일 거야."

곽동식은 홈마에게 경찰에게 신고하지 않을 테니까 월영시를 떠나라고 협박했다. 그리고 가출팸이 가지고 있는 돈을 탈탈 털어서 대포 카메라를 하나 샀다. 그는 새로운 돈벌이가 되겠다며 재의산에 올라가서 펜트하우스에서 놀고 있을 아이언 피스트 멤버들 사진을 우리가 찍어서 판다고 선언했다. 가출팸 아이들이 시큰둥해하자 홈마에게서 빼앗은 마약을 꺼내들었다. 다들 마약을 조금씩 맛보고 기분이 좋아진 상태에서 곽동식의 제안을 받아들였다. 그게 가출팸들이 한밤중에 재의산을 올라온 이유였다.

아이언 피스트 멤버들이 머무는 아파트는 월영시의 구시가지와 신시가지의 경계에 자리하고 있었다. 재의산은 제법 높은 곳이라 고층 아파트의 펜트하우스가 내려다보인다고 홈마가 호언장담했다. 하지만 경계를 넘지 말라는 표지판 앞에서 다들 머뭇거리고 말았다. 이은솔이 한 얘기가 너무나 무서웠기 때문이다. 재의산에서 종종 이상한 소리가 들리고, 짐승들이 처참하게 죽은 채 발견된 적이 있었다. 거기다 그곳을 지나가던 사람들이 종종 이상한 것을 봤다고 하는 경우가 많아서 동네 주민들은 애나 어른 모두 가까이 가기를 꺼렸다.

돌처럼 굳어 있는 가출팸들의 발아래로 빛이 스쳐 지나갔다. 월영시의 외곽 도로를 달리는 자동차의 헤드라이트였다. 화살같이 날아간 헤드라이트의 빛은 도로 건너편의 골프장을 슬쩍 비추고는 구 터널 안으로 사라졌다. 아무도 움직이려고 하지 않자 곽동식이 다시 소리쳤다.

"걔들 내일 비행기 타러 간다고 홈마가 그랬잖아. 오늘 못

정명섭

찍으면 대포값 날리는 거야!"

앞장선 이은솔이 얼굴을 찡그리며 물었다.

"그런데 왜 우리를 다 데리고 가는 건데?"

곽동식이 씩씩거리며 시뻘게진 얼굴을 이은솔에게 들이댔다.

"가족이니까."

"그러니까 갑자기 왜 이러냐고!"

"정신 차려! 그 헛소리한 할배한테 돈 뜯어내려고 하다가 일이 커졌잖아."

곽동식의 얘기를 들은 이은솔의 표정이 어두워졌다.

"씨발, 그게 내 잘못은 아니잖아."

"잘못이 아니긴, 아들한테 연락한다고 해서 할배 심장마비를 일으키게 한 게 누군데?"

"손자가 짭새인 줄 몰랐지."

이은솔이 기어들어 가는 목소리로 얘기했다. 그나마 다행인 것은 손자가 경찰이라 조용히 넘어가기로 했다는 것이다. 자칫해서 구설수에 오르면 앞길이 막힐 수 있다고 걱정한 것이다. 하지만 그걸 무마하느라 많은 돈을 써야만 했다. 그리고 경찰인 손자는 앞으로 주시하겠다며 문제를 일으키면 가만 놔두지 않겠다고 으름장을 놓았다. 이제 월영시에서 조건만남이나 사기를 치는 건 어려워졌다. 곽동식은 겁먹은 표정의 이은솔에게 짜증을 냈다.

재의산

"왜 우리가 여기까지 왔는지 알았으면 열심히 좀 움직여. 그만 좀 징징거리고."

곽동식의 채근에 이은솔이 말했다.

"할아버지가 말뚝 안으로 들어가지 말라고 그랬어. 옆으로 돌아가자. 시간 별로 안 걸린다고."

"네가 같이 있던 것도 아닌데 어떻게 알아?"

"병원에 내가 갔잖아. 나현이가 튀어서."

"할아버지가 그때 얘기한 거야?"

"잠깐 정신이 돌아온 적이 있었어."

"진짜야?"

이은솔이 나도 들은 적이 있다고 가지 못하겠다고 하자 씩씩거리던 곽동식이 결국 알겠다고 말하고는 머리를 쓸어 넘겼다. 이은솔이 휴대전화 조명으로 주변을 비추다가 말뚝 옆으로 쭉 이어진 오솔길을 찾았다.

"이쪽이야."

이은솔이 앞장서서 경고 표지판 옆을 지나 오솔길로 걸어 갔다. 말뚝들이 주르륵 박혀 있는 산자락을 휘감은 바람이 스산하게 불었다. 곽동식이 주머니에서 랜턴을 꺼내 말뚝 너머를 비췄다.

"여기에 재차의라는 게 묻혀 있다면 무덤 비스무리한 거라도 있어야 하는 거 아니야?"

일부러 큰소리를 친 곽동식이 담배를 입에 물고 불을 붙였

정명섭

다. 그러자 뒤따라오던 약쟁이 이형진이 대놓고 얼굴을 찡그렸다. 약을 하긴 하는데 역설적으로 담배는 싫어하기 때문이었다. 약쟁이가 콜록거리자 곽동식이 고개를 돌린 채 짜증을 냈다.

"왜? 마음에 안 들어."

"기관지가 나빠서 담배 연기는 피해야 한단 말이야."

"지랄하네. 약을 빠는 놈이 기관지 걱정을 해?"

곽동식이 어처구니없다는 표정으로 말하자 약쟁이가 진지하게 대꾸했다.

"오래오래 빨려고 그런 거지. 그리고 대포 카메라 살 때 내 돈 많이 보탰다는 거 잊지 마."

"이 새끼가 지금 유세하는 거야?"

"자꾸 잊어버리는 거 같아서. 그나저나 우리를 다 끌고 온 이유가 뭐야? 난 그냥 모텔에서 약 빨고 쉬고 싶었단 말이야."

"모텔 주인이 한 번만 더 약 빠는 거 들키면 쫓아낸다고 했어."

"그 새끼는 매번 큰소리만 치잖아. 아닌 말로 우리가 아니면 그 시궁창 같은 모텔에 누가 사는데?"

말다툼이 계속되자 송나현이 노란 머리를 두 손으로 움켜쥔 채 소리를 질렀다. 스트레스를 받으면 하는 행동이었는데 어두컴컴한 재의산에서 울려 퍼지는 송나현의 비명 소리는 꽤나 섬뜩했다. 다들 그녀를 바라보는 와중에 비명을 멈춘 송나현이 부들부들 떨면서 말했다.

"다들 닥치고 돌아가든지 아니면 가서 사진인지 뭔지 찍어. 진짜 나 미치는 꼴 볼 거야?"

송나현의 얘기에 곽동식이 가장 먼저 반응했다.

"얼른 가자."

다들 여기까지 와서 돌아가기는 애매하다는 걸 알고 있었기 때문에 말없이 곽동식을 따라갔다. 비명 소리가 파도처럼 스쳐 지나간 재의산은 금방 침묵을 되찾았다. 한밤중이긴 했지만 보름달 빛 덕분에 어둠과 빛이 공존하는 기괴한 느낌을 주었다. 칼돌이 휴대전화 조명을 켜 이리저리 비추면서 중얼거렸다.

"어쨌든 들어 가지 말라고 한 곳이니까 빨리 나가자. 여긴 어쩐지 무서워."

"칼이랑 벽돌만 있으면 세상 무서울 거 없다고 하더니, 의외네."

약쟁이가 놀리듯 말하자 칼돌이 한쪽 눈을 찡그렸다.

"귀신한테는 칼이랑 벽돌이 안 먹히잖아."

스산한 바람이 불자 약쟁이가 어두운 주변을 돌아보며 중얼거렸다.

"으스스하네."

"얼른 가자."

둘은 서둘러 발걸음을 뗐다. 그런 둘을 배웅이라도 하듯

정명섭

풀벌레가 징징거리며 울었다.

　재의산 정상을 통과한 가출팸 일행은 산자락을 타고 내려 갔다. 풀이 잔뜩 자란 와중에 오솔길을 걸어야 해서 내리막 역시 힘들긴 마찬가지였다. 대포 카메라를 어깨에 멘 곽동식 이 투덜거렸다.

　"이놈의 산에는 산책로 같은 것도 안 만들어 놨네."

　뒤따라 걷던 송나현이 따라서 투덜거렸다.

　"그러게 말이야. 진짜 엉뚱한 데 돈을 쓰고 있나 봐."

　둘의 얘기를 듣던 이은솔이 고개를 저었다.

　"사람들이 오지 않는데 뭣 하러 길을 만들어 놔? 그리고 여 긴 신시가지와 구시가지의 경계잖아. 가난뱅이들이 넘어올 지도 모르는 이 산에 돈 많은 놈들이 뭘 만들어 놓겠어?"

　"그렇긴 하네."

　곽동식이 피식 웃으며 말하고는 덧붙였다.

　"얼마나 더 가야 해?"

　길을 알고 있던 이은솔은 재의산 아래를 내려다봤다.

　"저기 불빛 보이지? 저기가 부자들이 산다는 아파트 단지 야."

　"휘황찬란하네. 아이언 피스트가 있는 데는 어디야?"

　곽동식의 물음에 아래쪽을 살펴보던 이은솔이 한 곳을 손 가락으로 가리켰다.

"101동인데 산에 바짝 붙은 아파트라고 했으니까 저기겠네. 저기가 102, 그 옆이 101동."

"오른쪽으로 좀 더 가야 각도가 나오겠네. 가자."

곽동식이 얼른 가라는 손짓을 하자 이은솔은 산자락을 끼고 걸었다. 조금 더 걷자 커다란 바위가 보였다. 랜턴으로 바위를 이리저리 살핀 곽동식이 흡족한 표정을 지었다.

"저기에 올라가서 찍으면 되겠네. 칼돌아!"

"왜?"

"올라갈 곳을 좀 찾아봐."

칼돌이 바위를 살피는 동안 곽동식은 대포 카메라를 무릎에 올려놓고 한숨을 돌렸다.

"씨발, 아까 산꼭대기는 얼음처럼 차갑더니 여긴 진짜 덥네."

잠시 후에 칼돌이 외치는 소리가 들렸다.

"여기야. 여기."

바위를 돌아가자 좁은 틈 같은 게 보였다. 거기를 딛고 올라간 칼돌이 어서 올라오라는 손짓을 했다. 한 명씩 바위 위로 올라갔다. 크고 평평한 바위라 가출팸이 전부 올라가도 넉넉했다. 바위가 생각보다 높아서 아이언 피스트가 있다는 아파트가 잘 내려다보였다. 주변은 어두웠지만 신시가지의 고급 아파트 단지는 가로등은 물론이고 지붕에 조명이 켜져 있어서 대낮 같았다. 그걸 본 약쟁이가 바위 끝에 서서 탄성을 질렀다.

"이야! 부자 동네라 그런지 휘황찬란하네. 저긴 월영시가
아닌 거 같아. 그런데 저거 수영장 아니야?"

약쟁이가 호들갑을 떨자 이은솔이 양반다리를 하고 앉으
면서 쏘아붙였다.

"무식하긴, 인피니트 풀이라는 거야."

"어쨌든 옥상에 수영장이 있는 건 처음 봐."

"수영장뿐이겠어? 저 넓은 아파트 위쪽이 다 한 채라고, 2백
평이 넘을걸."

"완전 궁궐이네, 궁궐."

"주변이 유리창이라 뭐 하는지 잘 보이네."

가출팸 아이들이 얘기하는 사이, 곽동식은 가방을 내려놓
고 그 위에 대포 카메라를 올려놨다. 그리고 한쪽 눈을 찡그
린 채 뷰파인더를 보면서 렌즈를 조절했다.

"환장하겠네. 너무 잘 보여."

곽동식이 같은 말을 반복하자 가방에 넣어 온 캔맥주를 꺼
내던 송나현이 물었다.

"얼굴 잘 나와?"

"얼굴에 있는 점까지 보여. 역시 비싼 게 좋은 거네."

맥주를 따서 한 모금 마신 송나현이 이은솔에게 건넸다.
맥주캔을 받은 이은솔이 벌컥벌컥 마시는 동안 송나현이 비
닐봉지에 싸인 오징어를 뜯었다. 그 사이 칼돌은 약쟁이에게

발리송 나이프를 꺼내서 보여줬다.

"잘 봐. 힐릭스라고 하는 기술인데 그냥 풍차 돌리기라고 불러."

칼돌이 현란하게 발리송 나이프를 돌리자 약쟁이가 입을 다물지 못했다.

"우와! 졸라 빠르네."

"어때, 멋지지?"

둘이 얘기를 주고받는 와중에 곽동식이 갑자기 이은솔을 불렀다.

"야! 잠깐만 와봐."

"왜?"

"빨리 좀 오라고."

캔맥주를 내려놓은 이은솔이 다가오자 곽동식이 옆으로 한 바퀴 굴렀다.

"방금 여자애들이 보였어. 그런데 어디서 본 것 같은데 도통 기억이 안 나서 말이야."

이은솔이 쪼그리고 앉아 대포 카메라의 뷰파인더를 들여다봤다. 그러고는 갑자기 입을 쩍 벌렸다.

"미쳤어. 진짜."

"누군데?"

"진짜 몰라? 작년에 데뷔한 투 걸스잖아."

"투 걸스? 그 예쁘장한 두 명?"

"그래, 분장을 지우긴 했지만 둘이 틀림없어. 붉은색 베레모를 쓴 애가 애리, 그리고 하얀색 드레스를 입은 애가 지애."

"걔네들이 이 시각에 왜 여기 온 건데?"

곽동식이 이해할 수 없다는 말을 하자 이은솔이 뷰파인더에서 눈을 떼며 말했다.

"그걸 내가 어떻게 알아. 확실한 건 대박이라는 거지. 대한민국 최고의 보이그룹과 걸그룹 멤버들이 한자리에 있는 거잖아. 이 시각에 말이야."

"그, 그러네. 얼른 찍어야겠다."

이은솔이 비켜주자 도로 엎드린 곽동식이 대포 카메라의 셔터를 연거푸 눌러댔다. 계속 셔터 소리가 나는 가운데 송나현이 갑자기 소리쳤다.

"야! 플래시 터지잖아."

엎드려서 사진을 찍던 곽동식이 고개를 돌렸다.

"그게 왜?"

"멍청아! 산에서 불빛이 번쩍거리는 걸 쟤들이 보면 어떡하려고!"

송나현이 짜증을 내자 곽동식이 설마 하는 표정으로 뷰파인더를 바라봤다. 그러더니 갑자기 고개를 들었다가 다시 뷰파인더로 아파트 쪽을 바라봤다.

"쟤들이 이쪽을 보면서 손가락질을 하는데?"

송나현이 곽동식을 밀치고 카메라의 뷰파인더를 봤다.

"진짜네. 전화하는 거 같은데?"

"야, 모두 나오게 일단 더 찍어봐."

곽동식의 재촉에 송나현이 셔터를 눌러서 사진을 몇 장 더 찍었다. 잠시 후, 아파트 쪽에서 자동차 헤드라이트가 보였다. 그걸 본 송나현이 마른침을 삼켰다.

"아무래도 들킨 거 같은데. 경호원들인 거 같아."

"여기까지 오려면 1시간은 넘게 걸릴걸. 슬슬 빠지자."

곽동식이 여유롭게 대답하고는 대포 카메라를 챙겼다. 그리고 계속 발리송 나이프를 가지고 노닥거리는 칼돌과 약쟁이에게 소리쳤다.

"그만하고 가자."

하지만 둘은 여전히 얘기를 주고받으며 시시덕거렸다. 그걸 본 곽동식이 바닥에 있는 돌을 들어서 던졌다.

"빨리 가자고."

날아온 돌을 피하느라 허리를 굽힌 약쟁이가 뭔가를 잘못 밟았는지 좌우로 비틀거리다가 앞으로 꼬꾸라졌다. 하마터면 바위 아래로 떨어질 뻔했다가 칼돌이 잡아줘서 겨우 넘어지지 않았다. 하지만 그 와중에 발목이 접질리면서 우두둑거리는 소리가 났다. 약쟁이는 발목을 움켜쥔 채 뒹굴었다.

"아, 부러진 거 같아!"

곽동식이 짜증을 내는 가운데 아래쪽을 바라보던 이은솔이 소리쳤다.

"어, 차들이 산 중턱까지 올라왔는데?"

"진짜?"

곽동식이 아래를 내려다보고는 기겁을 했다.

"씨발, 도로가 있나 봐. 망했다."

곽동식의 얘기를 들은 손나현이 손톱을 물어뜯으며 말을 동동 굴렀다.

"어떡하지?"

"잡히면 끝장이야. 어서 튀자. 은솔이랑 칼돌이가 약쟁이를 부축해. 나현이는 가방 챙겨서 가자. 산을 넘어서 모텔촌으로 가면 우릴 못 찾을 거야."

서두르라는 곽동식의 채근에 다들 바위를 내려갔다. 약쟁이는 아프다고 계속 소리를 질러댔다. 그러자 대포 카메라를 챙긴 곽동식이 소리쳤다.

"조용히 해! 경호원들한테 잡히면 남은 발목도 멀쩡하지 못할걸."

곽동식의 으름장에 약쟁이가 아랫입술을 깨물고 비명을 참았다. 가출팸들은 신시가지를 뒤로 하고 재의산을 넘었다. 하지만 무거운 대포 카메라와 다친 약쟁이 때문에 속도가 나지 않았다. 가방을 멘 채 뒤를 돌아본 송나현이 비명처럼 외쳤다.

"플래시 불빛이 보여."

고개를 돌린 곽동식은 여러 개의 불빛들이 어지럽게 흔들리는 걸 보고는 사색이 되었다.

"씨발, 날개를 달았나. 좆나 빠르네."

"어떡하지? 이러다가 산을 넘기도 전에 잡히겠어."

송나연의 물음에 곽동식은 이를 악물고 말했다.

"조용히 하고 얼른 움직여."

곽동식은 가출팸을 앞질러서 오솔길을 달렸다. 그러다가 말뚝을 발견하고는 그 앞에서 멈춰 섰다. 숨을 헐떡거리며 뒤쪽에서 다가오는 플래시 불빛을 바라보던 곽동식이 말했다.

"안으로 들어가자."

곽동식의 말에 약쟁이를 부축한 이은솔의 얼굴이 일그러졌다.

"미쳤어?"

곽동식이 이마에 맺힌 땀을 손등으로 닦으며 소리쳤다.

"잡히면 끝장이야. 사진 빼앗기고 빈손으로 쫓겨날래? 우리 이제 모텔비도 밀려서 나가야 할 처지라고."

곽동식의 말에 이은솔이 고개를 저었다.

"그럼 너나 안으로 들어가. 나는 바깥쪽으로 도망칠게."

땀으로 범벅이 된 곽동식이 이은솔의 멱살을 잡았다.

"그러다 잡혀서 우리 가족들이 누군지 다 털어놓으려고?"

"씨발, 입 다물 거라고!"

이은솔의 반항에 곽동식은 더욱 세게 멱살을 잡았다.

"가족은 다 같이 움직여야 해. 잔말 말고 어서 들어가. 잠깐

정명섭

만 쭉 박혀 있다가 놈들이 사라지면 나올 거야."

"싫다고. 저긴 들어가면 안 되는 곳이라고 했어."

"죽을래?"

곽동식의 협박에 이은솔이 울상이 된 채 말뚝 안으로 들어갔다. 나머지 가출팸도 따라 들어갔다. 지면이 전체적으로 안으로 움푹 들어간 형태고 바닥은 푹신푹신한 흙이라서 걷기가 더 어려웠다. 다행히 몸을 숨길 수 있는 비석 같은 게 보였다. 다들 약속이나 한 듯 뒤로 숨어서 몸을 바짝 낮췄다. 약쟁이가 끙끙거리며 신음을 내자 칼돌이 입을 틀어막았다. 보름달 빛 때문에 완벽하게 가려지지는 않았지만 어쨌든 몸을 숨길 수 있었다.

잠시 후, 여러 개의 플래시 불빛들이 나타났다. 곽동식은 마른침을 삼키며 몸을 더욱더 낮췄다. 불빛들은 바로 코앞까지 다가왔다. 몇 걸음만 더 다가오면 숨어 있는 게 들킬 것 같았는데 다행스럽게도 목소리 하나가 제지를 했다.

"그만, 저기는 들어가면 안 됩니다. 팀장님."

그러자 다른 목소리가 물었다. 팀장이라는 사람 같았다.

"왜요?"

"재차의 묘지예요. 월영 사람들은 절대 들어가지 않는 곳이죠. 저기 말뚝이랑 금줄 보이죠?"

"재차의가 뭔데요?"

바람 소리와 지지직거리는 워키토키 무전음에 이어 아까

재의산

얘기한 목소리가 들려왔다.

"옛날에 있던 좀비 비슷한 건가 봐요."

얘기를 들은 팀장이 어이가 없었는지 피식하고 콧방귀를 뀌었다.

"좀비? 영화에 나오는 그 좀비요? 그런 게 진짜 있단 말입니까?"

그 말에 아까 맨 처음 목소리가 살짝 발끈한 투로 말했다.

"직접 본 사람은 없지만 어쨌든 저 안은 들어가지 않는 게 좋아요."

다행스럽게도 팀장이 수긍을 하는 눈치였다.

"알았어요. 그나저나 이 새끼는 어디로 튄 거죠? 산 위에서 대포로 찍을지는 진짜 상상도 못 했네, 상상도 못 했어. 아이, 씨발."

"이쪽도 경계를 좀 하자고 했잖아요."

"시간이 없어서 그랬죠. 그냥 외국으로 나가버리면 딱 좋았는데 여기서 이틀인가 쉰다고 갑자기 소속사에서 얘기해 버리는 바람에 팀을 못 짰어요. 외국 가는 줄 알고 다 휴가 갔거든요. 그래서 급하게 용섭 씨를 섭외한 거잖아요. 말이 경호팀장이지, 하는 일은 진짜 실장 시다바리라니까요. 아까 투 걸스 데려온 것도 나였잖아요."

경호팀장의 하소연에 용섭이라고 불린 경호원이 거들었다.

"하긴, 동선 체크하느라 주변 확인할 시간이 없었죠."

정명섭

경호팀장이 주변을 플래시로 이리저리 비추면서 물었다.

"아까 그림자를 보니까 여러 명 같았는데 어디로 간 거 같아요?"

"여기 산 너머가 구시가지인데 거기로 갔을 거 같아요."

"골목이 많으면 찾기 힘든데. 실장이 못 잡으면 우리 전부 해고라고 했어요. 제발 우리 좀 살려줘요, 용섭 씨. 나 애가 셋이야."

"일단 여길 돌아서 구시가지로 내려가 봐요. 홈마라면 외부에서 왔을 테니까 아마 모텔 쪽에 있을 거예요."

"홈마는 보통 혼자 다니지 않나?"

경호팀장의 물음에 용섭이라는 경호원이 대답하는 목소리가 들렸다.

"아이언 피스트 쫓아다니는 사생팬일 수도 있고요. 걔들은 진짜 물불 안 가리잖아요."

"차라리 걔들이면 나은데."

"왜요?"

"돈 받고 사진을 팔지는 않을 테니까요."

경호팀장의 희망 섞인 얘기에 용섭이라는 경호원이 딱 잘라 말했다.

"어쨌든 일단 잡고 봐야죠. 어서 움직여요."

"차를 가지고 멀리 가면 못 잡잖아요."

"저긴 나갈 수 있는 곳이 몇 군데 없어요. 아래 남은 팀원한테 연락해서 구시가지로 오라고 하세요. 동촌모텔 옆에 있는 다리와 병원 앞 도로만 막으면 될 거예요. 그리고 아까 보니까 누가 다쳤는지 부축을 하던데, 그렇다면 아직 산에서 못 내려갔을 거예요. 여긴 길도 없고 되게 험하거든요."

"알았어요. 용섭 씨가 앞장서줘. 내가 전화하면서 따라갈게. 너희들도 눈 똑바로 뜨고 따라와. 우리 회사 밥줄이 걸렸어."

"네"라는 대답이 이구동성으로 들렸다. 잠시 후, 플래시가 말뚝을 따라 오른쪽으로 움직였다. 다행히 가출팸 일행은 바닥이 움푹 들어간 곳에 숨어 있어서 옆으로 돌아간 경호원들에게 들키지 않을 수 있었다.

플래시 불빛들이 완전히 사라진 걸 확인한 곽동식이 고개를 살짝 내밀고 아래쪽을 내려다봤다. 바로 옆에 숨어 있던 송나현이 물었다.

"갔어? 간 거야?"

"아직 산 중턱이야. 천천히 살펴보면서 내려가나 봐."

"얼른 여기서 나가자."

"아직 있어봐. 근처라서 움직이다가 소리가 나면 들켜."

좀 떨어진 곳의 바위 뒤에 숨어 있던 이은솔이 거의 울 것 같은 목소리로 말했다.

"어서 나가자. 여기 너무 무서워."

울먹거리는 이은솔을 본 송나현이 갑자기 손으로 입을 가리고 웃었다.

정명섭

"야, 너 화장 번져서 귀신 같아."

아닌 게 아니라 긴장한 채 땀을 잔뜩 흘린 이은솔의 얼굴은 파운데이션이 번져서 번들거렸다. 카랑카랑한 송나현의 웃음소리가 어둠 속으로 퍼져 나가자 곽동식이 주먹을 쥔 채 나지막하게 말했다.

"조용히 해. 들키고 싶어서 환장했어?"

그러자 송나현은 노란색 머리카락을 손가락으로 만지작거리며 대꾸했다.

"웃긴 걸 어떡하라고."

결국 참다못한 곽동식이 송나현의 얼굴을 후려쳤다. 얼굴을 맞은 송나현이 왜 때리냐고 소리를 질렀다. 지켜보던 칼돌이 다급하게 소리쳤다.

"씨발, 조용히들 좀 해. 다시 올라오고 있잖아."

주먹을 머리 위로 치켜든 곽동식이 아래쪽을 내려다보고는 화들짝 놀랐다.

"진짜네. 다시 숨어."

"이번에는 여기를 뒤질지도 몰라."

칼돌의 다급한 말에 곽동식은 주변을 돌아봤다. 그런 곽동식의 눈에 갑자기 낡은 사당이 보였다.

"저기로 들어가자."

"진짜 귀신 나올 거 같아."

이은솔의 얘기에 곽동식이 흙을 뿌렸다.

"콱, 그냥 내 손에 죽을래?"

이은솔이 얼굴에 묻은 흙을 털면서 일어났다. 곽동식은 주먹에 맞아 쓰러져 있는 송나현을 잡아끌었다.

"얼른 일어나. 엄살 부리지 말고."

아무 반응도 없는 송나현을 질질 끌다시피 해서 사당으로 간 곽동식이 문을 연 이은솔에게 비키라고 하고는 먼저 안으로 들어갔다. 칼돌과 약쟁이가 들어가고 이은솔까지 들어가 문을 닫자 침묵이 찾아왔다. 제일 안쪽에 들어간 칼돌이 투덜거렸다.

"씨발, 이게 무슨 냄새야? 시체 썩은 거 같아."

사당의 벽에 기댄 약쟁이가 신음 소리를 내면서 말했다.

"조용히 좀 해."

안에서 투덜거리는 동안 플래시 불빛이 다시 근처까지 다가왔다. 이번에는 꼼꼼하게 살피려고 작정했는지 플래시 불빛이 마치 칼날처럼 허공을 베어댔다. 경호팀장이 "용섭 씨"라고 이름을 부른 뒤에 물었다.

"여기서 무슨 소리가 들렸잖아요. 그렇죠?"

"저도 듣긴 했죠. 그런데 여긴 종종 이상한 소리가 뜬금없이 나긴 하거든요."

"이 동네 출신인 건 아는데 너무 미신에 빠져 있는 거 아닙니까? 21세기 하고도 한참을 지났는데요."

경호팀장의 얘기에 용섭이 헛기침을 한 번 하고는 대답

했다.

"월영시라는 동네가 좀 그래요. 예전부터 이상한 일들이 많아서 가지 말아야 할 곳투성이었죠. 그런데 진짜 가지 말라는 곳에 갔던 친구가 실종된 적이 있어요."

"어쨌든 잡아야 한다니까, 귀신보다 무서운 게 통장이라서요. 월급이 스쳐 지나가는 것도 무서운데 그게 안 들어오면 진짜 호러야, 호러."

팀장의 얘기에 다른 경호원들이 나지막하게 웃는 소리가 들렸다. 잠시 후, 용섭이라는 경호원의 목소리가 들렸다.

"근데 우리가 쫓아온 사람들이 홈마가 맞을까요?"

"실장이 그렇게 얘기했으니까요. 나는 주차장에서 쉬고 있다가 실장 연락 받은 거고."

"홈마들은 보통 한두 명씩 다니잖아요. 우리가 목격한 건 여러 명이었고요."

"그렇긴 하죠. 아까 물어보니까 사람이 있는 것까지만 봤다고 했으니까요."

"여기 가끔 밤에 등산객들이 와요. 아파트 야경이랑 저기 구 터널이 지나는 도로 건너편에 골프장 야경을 구경하려요."

"저기 저수지 옆 골프장이요?"

"네, 가끔 야간에 불 켜놓고 골프 치거든요."

"등산객들이면 우리를 보고 도망칠 이유가 없었잖아요."

곽동식은 벽에 기댄 채 벽 틈으로 바깥을 살펴봤다. 플래시 때문에 그림자만 보였는데 말뚝 바로 너머에서 두 사람이 나란히 서서 얘기를 나누는 게 보였다.

경호팀장의 물음에 잠깐 생각하던 용섭이 말했다.

"아까 얘기하려다가 말았는데 만약 진짜 홈마라면 사진을 찍은 다음에 어디론가 전송했겠죠. 설마 원본만 들고 튀었겠어요?"

"듣고 보니 그러네. 돈독이 오른 놈들이라 철저하거든."

"만약 놈들이 사진을 어딘가로 전송했으면 좆 빠지게 쫓아가 봤자 헛심 쓰는 거잖아요. 거기다 우리가 무슨 경찰도 아니고 강제로 빼앗는다고 했다가 진짜 경찰까지 출동하면 일이 더 커지는 거 아니겠습니까?"

용섭이라는 경호원의 얘기에 경호팀장이 수긍하는 말투로 대답했다.

"경찰까지 얽히면 일이 진짜 복잡해지죠."

"그러니까 실장한테는 등산객들인 거 같다고 보고하고 넘어가요. 만약 사진이 풀리면 그때 가서 생각해 보고요. 어차피 우리 손을 떠났잖아요."

얘기가 돌아가는 걸 듣고 있던 곽동식은 안도의 한숨을 쉬었다. 이대로 포기하고 떠날 것 같은 기미를 보였기 때문이다. 하지만 경호팀장은 고집을 부렸다.

"그건 용섭 씨가 실장을 몰라서 그래요. 아까도 경호가 뚫렸다고 얼마나 지랄을 했는데요. 뭐라도 들고 가지 않으면 우린 진짜 모가지라고요."

"만약 진짜 홈마라면 산 아래 차 대기 시켜 놓고 진즉에 튀었을 거예요. 우리 쪽 경호원들이 막는다고 경찰처럼 검문을 할 수 있는 것도 아니잖아요."

"아이, 아까랑 얘기가 다르잖아요."

"호수공원 쪽 이면도로로 나가서 산업단지로 빠지면 못 찾아요. 그러니까 실장한테 잘 얘기하고 우린 가서 좀 쉬죠. 구두 신고 산을 타는 바람에 발이 다 부르텄어요."

용섭의 얘기를 들은 팀장이 "후욱"하고 한숨을 쉬었다. 좀 더 얘기에 귀를 기울이려고 곽동식은 몸을 살짝 틀었고, 그 바람에 메고 있던 대포 카메라가 사당의 벽을 툭 치고 말았다. 작은 소리였지만 고요한 밤 중이라 상대적으로 크게 울려 퍼졌다. 용섭과 얘기를 나누던 경호팀장이 움찔했다.

"들었죠?"

"뭔가 들린 거 같긴 했는데 말이죠."

곽동식이 짜증을 내며 대포 카메라를 살짝 고쳐 잡았다. 그런데 옆에 있던 이은솔이 몸을 기울이는 바람에 대포 카메라가 다시 사당의 벽을 긁었다. 드드득거리는 소리가 들리자 경호팀장의 플래시가 가출팸들이 숨어 있는 사당 쪽으로 향했다. 문틈으로 스며든 불빛이 사당 안으로 들어와 가출팸 일행의 몸을 스치고 지나갔다.

"저기서 들리는 거 같은데? 저건 뭐예요?"

"재차의 사당입니다."

"아까 얘기한 그 좀비요?"

"네, 저길 중심으로 말뚝이 쳐진 곳은 들어가면 안 돼요."

"소리는 저기서 났는데?"

경호팀장이 따지듯 얘기하자 용섭이라는 경호원이 단호하게 말했다.

"전 안 들어갈 겁니다."

"아이, 진짜. 경호원이 귀신을 무서워하면 되겠어?"

"귀신이 아니라 재차의라고요. 사람을 잡아먹는 살아 있는 시체."

힘주어 말한 용섭이라는 경호원이 한숨을 내쉬며 말을 이었다.

"정훈이 형님 부탁으로 하루 알바 뛰러 왔다가 이게 무슨 고생인지 모르겠네요. 이제 전 그만할게요."

"아니, 시비 거는 건 아니고."

"팀장님은 이 동네 사람이 아니니까 모르시는 모양인데 여긴 금지구역투성이에요. 잘못 발을 들였다가는 훅 간다고요. 알바비가 아무리 탐이 난다고 해도 관짝에 들어갈 생각은 없어요."

딱 잘라 말한 용섭이라는 경호원이 돌아서서 어둠 속으로 사라졌다. 그 모습을 본 경호팀장이 이름을 부르며 뛰어갔다. 주변에 있던 경호원들은 "어떻게 하지"라고 얘기를 주고받다가 그대로 경호팀장을 따라갔다. 플래시 불빛들이 신시가지 쪽 산기슭으로 사라지자 곽동식은 안도의 한숨을 쉬었다.

"씨발, 10년 감수했네."

그러고는 옆에 있는 이은솔에게 벌컥 화를 냈다.

"왜 움직이고 지랄이야. 하마터면 들킬 뻔했잖아."

"다리에 쥐가 나서 그랬어. 고만 좀 지랄해."

이은솔이 날카롭게 따지자 곽동식은 아랫입술을 파르르 떨었다.

"너 진짜 뒤질래? 어디서 자꾸 말대꾸야."

"씨발, 툭하면 화를 내고 지랄이야. 애초에 네가 플래시를 안 터트렸으면 경호원 새끼들한테 쫓길 일도 없었잖아."

이은솔이 짜증이 가득 든 목소리로 쏘아붙이자 곽동식은 씩씩거리며 주먹을 치켜들었다. 그때, 칼돌이 발리송 나이프를 꺼내서 곽동식의 두툼한 허리에 갖다 댔다.

"씨발, 그만 좀 해. 진짜."

"어쭈, 너 뭐 하는 짓거리야? 이게."

소리만 치고 몸은 움직이지 않는 곽동식에게 칼돌이 이죽 거렸다.

"왜? 찔릴까 봐 겁나? 여기 옆구리 찔리면 치명상이야. 처음에는 뱃살의 지방이랑 기름이 나오고 그다음에는 피가 쏟아져 나오지. 칼을 옆으로 더 쭉 그으면 내장도 쏟아져 나온다. 너, 내장 본 적 없지? 순대랑 같이 나오는 내장 말고."

그 와중에 칼돌의 말이 웃겼는지 약쟁이가 낄낄거렸다. 다른 때 같으면 버럭 소리를 지르거나 주먹질을 했을 곽동식이 땀만 흘리면서 아무것도 하지 못하는 상황이 웃겼는지 다들 키득거렸다. 그러다가 이은솔이 불쑥 말했다.

"그나저나 이 새끼 좀 수상했어."

"뭐가?"

머리카락을 손가락으로 비비 꼬고 있던 송나현의 물음에 이은솔이 곽동식을 쳐다보면서 말했다.

"우리를 전부 다 끌고 온 거랑, 굳이 여기로 도망치자고 한 거 말이야."

"무슨 헛소리야?"

곽동식이 버럭 소리를 지르자 이은솔이 팔짱을 낀 채 노려보며 말했다.

"지난주에 그 할아버지 아들 짭새랑 만나서 한참 동안 얘기 나누다 왔잖아. 둘이 원래부터 아는 사이였다는 거 왜 얘기 안 했어?"

갑작스러운 물음에 땀을 흘리던 곽동식이 움찔했다.

"그걸 어디서 숨어서 본 거야!"

그사이에 약쟁이가 손을 뻗어서 곽동식이 메고 있던 대포 카메라를 낚아챘다. 곽동식이 눈을 부라렸지만 칼돌이 여전히 옆구리에 칼을 대고 있어서 움직이지 못했다. 팔짱을 낀 이은솔이 혀를 찼다.

정명섭

"씨발, 소문이 맞네."

"무, 무슨 소문?"

"아이돌 사진 찍는다는 핑계로 우릴 산으로 다 끌고 와서 경찰에게 넘기고, 자기만 빠져나가려고 한다고 말이야. 긴가민가했는데 우릴 여기로 끌고 온 걸 보니까 확실하네. 아까 플래시도 일부러 터트린 거지?"

이은솔의 얘기가 끝나고 침묵이 흘렀다. 마른침을 삼킨 곽동식이 가출팸 아이들을 한 명씩 쳐다봤다. 그리고 턱을 떨면서 말했다.

"우린 가족이야, 나는 결코 가족을 배신하지 않아."

그 말이 끝나기가 무섭게 송나현이 곽동식의 머리에 숨겨놓았던 끈이 달린 신발주머니를 씌웠다.

"뭐 하는 짓이야?"

"우리가 떠날 때까지 여기에서 좀 있어."

"여긴 재차의가 나온다고!"

"그런 거 안 믿는다고 했으면서."

이죽거린 송나현이 신발주머니에 달린 끈을 당겼다. 그 사이에 이은솔이 사당의 문을 열었다. 삐걱거리는 소리를 들은 곽동식이 절박하게 외쳤다.

"나를 버리고 가지 마."

"버리고 가는 게 아니야. 두고 가는 거지. 사진은 잘 쓸게. 이거 팔면 우리 고생은 끝이네."

이은솔이 먼저 나가고 뒤따라 대포 카메라를 어깨에 멘 약쟁이가 나갔다. 그런데 다리를 다친 약쟁이는 사당의 문턱을 넘다가 발이 걸려서 앞으로 휘청거리고 말았다. 약쟁이와 친한 칼돌이 괜찮냐고 말하며 손을 뻗을 때 곽동식이 그 틈을 노렸다. 머리에는 신발주머니가 씌워져 있었지만 두 손은 자유로웠던 그는 허공을 더듬다가 나이프를 들고 있던 칼돌의 손목을 움켜쥐고 그대로 꺾어버렸다.

"으악!"

꺾인 손목을 움켜쥔 칼돌이 나이프를 떨어뜨린 채 비명을 지르며 주저앉았다. 곽동식은 신발주머니가 씌워진 머리로 미처 나가지 못한 송나현의 얼굴을 들이받았다. 외마디 비명을 지른 송나현이 코를 움켜쥔 채 벽으로 튕겨 나간 후 주르륵 주저앉았다. 그 틈에 곽동식이 머리에 씌워진 신발주머니를 벗으려고 했다. 하지만 나이프를 놓친 칼돌이 신발주머니의 끈을 뒤에서 확 잡아당기는 바람에 실패하고 말았다. 얼굴이 벌게지도록 끈을 잡아당긴 칼돌이 외쳤다.

"씨발! 칼 좀 찾아줘. 이 새끼 풀려나면 우린 다 뒤진다고!"

약쟁이는 문밖에 넘어져 다리를 붙잡고 아프다며 울부짖는 중이었고, 송나현은 여전히 주저앉은 채 정신을 차리지 못했다. 나갔던 이은솔이 들어와서 바닥에 떨어진 나이프를 찾으려고 더듬거렸다. 그러다가 곽동식이 마구 휘두른 발에 머리를 걷어차이고 말았다. 옆으로 쓰러진 이은솔이 송나현에

　　　정명섭

게 쏘아붙였다.

"뭐 해! 얼른 칼 좀 찾아."

"나 코가 부러진 거 같아. 이거 세우느라 든 돈이 얼만데."

하소연 섞인 울음을 내뱉는 송나현을 옆으로 떠민 이은솔이 바닥을 더듬거리다가 외쳤다.

"찾았어!"

하지만 목소리를 들은 곽동식의 발이 더 빨랐다. 이번에는 옆 머리를 강하게 차인 이은솔이 욕설을 내뱉었다. 그리고 나이프를 집어서 벌떡 일어났다.

"이 문신 돼지 새끼가 진짜!"

이은솔이 곽동식을 향해 나이프를 휘둘렀지만 놀라울 정도로 날렵하게 피하는 바람에 뒤에서 신발주머니의 끈을 당기고 있던 칼돌의 옆구리를 찌르고 말았다. 깜짝 놀란 칼돌이 비명을 지르며 푹 주저앉았다. 여전히 끈을 당기고 있어서 곽동식 역시 그 위로 넘어지고 말았다. 곽동식이 넘어지면서 칼돌을 깔아뭉갰다.

칼돌의 입과 상처에서 흘러나오는 피가 삽시간에 사당의 바닥을 적셨다. 진한 피비린내가 풍겨오자 쪼그리고 앉아서 흐느껴 울던 송나현은 비명을 지르기 시작했다. 엉뚱하게 칼돌을 찌르고 당황해하던 이은솔은 다시 나이프를 고쳐 잡고 칼돌 위에 넘어져 있는 곽동식을 향해 달려들었다. 하지만 곽동식이 옆으로 몸을 굴리는 바람에 밑에 있던 칼돌을 다시 찌르고 말았다. 이번에는 가슴을 찔린 칼돌의 비명 소리가 더 커졌다. 그 틈을 놓치지 않고 곽동식이 주먹으로 이은솔의 머리를 후려쳤다. 그렇게 잠시 시간을 번 다음에 신발주머니를 드디어 벗었다. 숨을 크게 내쉰 곽동식은 피 묻은 나이프를 쥔 채 벌벌 떨고 있는 이은솔을 노려봤다.

"네가 날 배신해?"

"그, 그게 아니라!"

"닥쳐! 쌍년아!"

곽동식이 걸리적거리는 칼돌을 발로 밀어버리고 이은솔에게 다가갔다. 그때 머리에서 우지끈 소리가 나더니 곽동식이 무릎을 꿇고 힘없이 앞으로 꼬꾸라지면서 이은솔을 위에서 덮쳐 버렸다. 쓰러진 곽동식의 뒤에는 대포 카메라를 손에 든 약쟁이가 서 있었다. 얼굴을 찡그린 약쟁이가 대포 카메라의 렌즈를 만지작거리면서 투덜거렸다.

"씨발, 피 묻었네."

"야! 얼른 나 좀 일으켜 줘."

의식을 잃은 곽동식에게 깔린 이은솔이 애원했지만 약쟁이는 렌즈에 묻은 피를 닦는 데만 신경 썼다.

"이 안에 걔네들 사진이 있단 말이지."

"맞아. 나랑 같이 가서 팔자. 너한테 절반 줄게."

"지금 상황을 생각하면."

코를 찡긋거린 약쟁이가 대포 카메라를 메면서 덧붙였다.

"굳이 너랑 나눌 필요는 없을 거 같아."

"무슨 소리야?"

"너도 이런 상황이면 나처럼 행동할 것 같은데?"

약쟁이의 말에 이은솔이 화를 냈다.

"우린 가족이잖아."

"좆 같은 가족이었지. 이제는 그만할게. 잘 있어."

환하게 웃은 약쟁이가 손을 흔들어 주고는 사당의 문을 닫아버렸다. 이은솔은 욕설을 퍼부으면서 일어나려고 애썼지만 축 늘어진 곽동식의 몸은 꿈쩍도 하지 않았다. 옆에 같이 쓰러진 칼돌은 더 이상 신음 소리도 내지 않았다. 이은솔은 여전히 훌쩍거리고 있는 송나현에게 소리쳤다.

"그만 좀 처울고 나 좀 도와줘. 이 새끼 깨어나면 우린 둘 다 죽는다고."

하지만 송나현은 대답 대신 우느라고 화장이 번진 기괴한 얼굴로 사당을 살펴보며 말했다.

"여기가 재차의가 묻혀 있는 곳이라고 했지? 좀비 같은."

"그래, 걔들이 깨어나면 더 큰일 난다고. 그러니까 어서 나 좀 일으켜 줘."

"난 여기가 좋아, 왠지."

이은솔이 포기하고 혼자서 몸을 빼내려고 낑낑거리며 곽동식을 들어 올리려고 했지만 실패했다. 거기다 칼돌이 흘린 피 때문에 바닥이 미끄러워서 힘을 줄 때마다 몸이 미끄러졌다.

"대체 왜 이렇게 된 거야?"

그때, 삐걱거리는 소리가 들렸다. 놀란 이은솔이 고개를 돌려서 이리저리 살폈다.

"뭐야? 어디서 나는 소리야?"

당황스러워하는 이은솔의 말에 송나현이 대꾸했다.

"아래쪽에서 들려. 나무 바닥 아래."

송나현은 정신이 나갔는지 히죽거리며 대꾸했다. 이은솔이 놀란 표정으로 귀를 기울였다. 그녀와 칼돌, 그리고 곽동식이 함께 쓰러져 있는 사당의 바닥 아래에서 삐걱대는 소리가 차츰 가까이 들려왔다. 삐걱거리는 소리가 멈추면서 기분 나쁜 침묵이 이어졌다. 그리고 잠시 후, 똑똑거리며 액체가 떨어지는 소리와 뭔가가 그걸 받아 마시는 것 같은 짭짭거리는 소리가 함께 들려왔다. 칼돌의 몸에서 흘러나온 피가 바닥의 나무 틈으로 흘러들어 떨어지면서 내는 소리였다. 그리고 짭짭거리는 소리는 바닥 아래에 있는 어떤 존재가 그걸 받아 마시는 것처럼 들렸다. 놀란 이은솔이 마른침을 삼키며 나지막하게 중얼거렸다.

"이 아래에서 뭔가가 피를 받아 마시고 있어."

불길한 느낌이 든 이은솔이 피에 젖은 바닥을 쳐다보는 와중에 무언가 아래에서부터 올라오는 소리가 들렸다. 이은솔은 비명을 지르며 자신을 누르고 있는 곽동식을 밀치려고 했

정명섭

지만 꼼짝도 하지 않았다. 벽에 기댄 채 쪼그리고 앉아 있던 송나현은 눈을 희번덕거리면서 중얼거렸다.

"온다. 올라온다."

이은솔은 송나현의 중얼거림을 뚫고 올라오는 무언가를 느끼며 있는 힘껏 비명을 질렀다.

"살려줘!"

군데군데 썩은 사람의 팔 같은 것이 판자를 부쉈다. 비명을 지르던 이은솔은 아래를 내려다봤다. 심연에서 올라온 것 같은 어떤 존재가 바로 아래에서 이은솔을 올려다보는 것 같았다.

다음 날, 재차의 사당 주변에는 경찰과 경호원들이 잔뜩 몰려 있었다. 그중에는 어제 가출팸을 뒤쫓던 경호팀장이 씁쓸한 표정으로 서 있다가 담배를 꺼내서 물었다. 경찰이 다가와서 담배를 피우지 말라고 하자 공손하게 알겠다고 대답하고는 도로 담뱃갑에 집어넣었다. 그리고 옆에 서 있는 양복 차림의 남자에게 물었다.

"용섭 씨 얘기대로 진짜 저 안에 뭔가 있긴 있었나 봐."

"안에서 죽은 애들이 몇 명이래요?"

담뱃갑을 손에 쥔 경호팀장이 손가락 네 개를 펼쳤다.

"넷, 심정지 상태래."

용섭이라는 경호원이 경찰들의 눈치를 살피며 애꿎은 돌

을 구두로 걸어찼다.

"죽은 거면 죽은 거지 심정지라니, 말장난 기가 막히네요."

"정확하게는 다섯이지. 저기 산 아래 골목길에서 대포 카메라 들고 뛰다가 자빠져서 목뼈가 부러진 놈까지 더하면."

"계단도 아니고 골목에서 자빠졌는데 어떻게 목이 부러져요?"

"그게, 아는 경찰이 슬쩍 알려줬는데 약을 많이 해서 뼈가 약해졌을 거라는군."

경호팀장의 말은 사당의 문이 열리고 하얀색 방호복을 입은 과학수사대원들이 나오면서 멈췄다. 모두의 시선이 쏠리는 가운데 폴리스라인까지 걸어 나온 과학수사대원들이 입고 있던 방호복과 마스크를 벗었다. 경호팀장이 슬쩍 다가가서 그중 한 명과 아는 척을 했다.

"영찬아."

귀에 걸린 마스크를 벗던 영찬이라는 이름의 과학수사대원이 반가워하며 말했다.

"선배! 여기 웬일이에요? 아이돌 경호한다고 했잖아요."

"아이언 피스트."

어색하게 웃은 경호 팀장이 사당 쪽을 가리키며 덧붙였다.

"어제 쟤들이 산을 넘어와서 사진을 찍다가 우리한테 들켰는데 여기로 도망쳤나 봐."

"이 동네 애들이면 여기가 어떤 곳인지 알 텐데요?"

정명섭

"워낙 급하니까 여기로 들어간 거 같아. 소속사에서 이상하게 번질까 봐 알아보라고 해서 왔어. 나머지 한 명은 혼자 튀다가 골목길에서 넘어져서 목뼈가 부러졌고."

"저런, 이 일로 여럿 골로 갔네요."

"사당 안에 있는 애들은 왜 죽은 거야?"

주변을 슬쩍 보던 영찬이라는 과학수사대원이 대꾸했다.

"모두 심정지 상태인데, 한 명은 칼에 찔렸고, 다른 한 명은 둔기로 뒤통수를 가격당했어요. 나머지 둘은 사인이 불분명해요."

"어디 다친 데가 없다는 거야?"

"네, 치명상이 없어요. 일단 국과수로 가서 부검해 봐야 할 거 같아요. 다만 눈 안쪽에 출혈이 있고, 입술이 파란 걸 보면 마약 중독이 의심돼요."

"약? 단체로 약을 빤 거야?"

"그건 모르겠어요."

대충 대답한 그가 빠져나가려고 하자 경호팀장이 얼른 다시 말을 붙였다.

"쟤들 패거리 중 한 명이 저 아래 골목길에서 죽었다며?"

"네, 이 동네에서 알아주는 약쟁이 꼬맹인데 사당 안에서 죽은 애들이랑 같은 가출팸이었어요."

"걔가 대포 카메라를 가지고 있다고 하던데 그건 경찰이 가져갔어?"

재의산

"아마 증거물로 가져갔을 거예요. 이제 가봐야 할 거 같아서요. 다음에 봐요. 선배."

과학수사대원이 성의 없는 인사말과 함께 사라지자 경호팀장이 투덜거렸다.

"옛날에는 눈도 못 마주쳤으면서."

"현역 때나 선배죠. 그나저나 카메라를 경찰이 가져갔으면 그쪽 파봐야겠는데요?"

용섭의 말에 경호팀장이 옆구리에 손을 올린 채 중얼거렸다.

"월영 쪽은 아는 애들이 없는데."

"제가 알아볼까요? 불알친구 하나가 여기 근무해요."

"아! 진짜? 빨리 연락해 봐요, 그럼."

경호팀장의 재촉에 용섭은 양복바지에서 휴대전화를 꺼내다가 주변을 돌아봤다.

"내려가서 하시죠. 여기 재의산은 오래 있고 싶지가 않아서요."

"그럽시다. 나도 여기 별로야."

용섭을 뒤따라 내려가던 경호팀장은 걸음을 멈추고 사당을 바라봤다. 경찰들이 시신을 수습 중이었는데 그 모습을 본 경호팀장이 씁쓸하게 웃으며 다시 발걸음을 옮겼다.

절대, 금지구역
: 월영시

초판 1쇄 발행 2025년 12월 24일

지은이 김선민 박성신 사마란 이수아 정명섭

펴낸이 허정도
책임편집 박윤희   **디자인** 서윤하
마케팅 신대섭 김수연 배태욱 김하은 이영조   **제작** 조화연
2차 저작권 문의 안희주 문주영

펴낸곳 주식회사 교보문고
등록 제406-2008-000090호(2008년 12월 5일)
주소 경기도 파주시 문발로 249 (10881)
전화 대표전화 1544-1900   **주문** 02)3156-3665   **팩스** 0502)987-5725

ISBN 979-11-7061-343-5 (03810)
책값은 표지에 있습니다.